口づけは扉に隠れて

JN052604

CORNER OFFICE SECRETS
by Shannon McKenna
Translation by Hiromi Arai

mira

CORNER OFFICE SECRETS
by Shannon McKenna

This edition is published by arrangement with Harlequin Books S.A.

Published by K.K. HarperCollins Japan, 2021

口づけは扉に隠れて

おもな登場人物

ソフィー・ヴァレンテ――サイバーセキュリティの専門家
ヴィッキー――ソフィーの母親。故人
ヴァン・アコスタ――建築事務所の最高財務責任者
ドリュー・マドックス――建築事務所のCEO
ザック・オースティン――建築事務所のセキュリティ責任者
ティム・プライス――建築事務所の社員
マルコム――建築事務所の経営者
ヘンドリック――マルコムの共同経営者
チャン・ウェイ――マルコムの取引相手

1

ヴァン・アコスタはパソコンの画面を凝視していた。無意識のうちに歯を食いしばっていたらしく、顎が痛くなってきた。「もう一度、最初から頼む」

マドックス・ヒル建築設計事務所のセキュリティ部門最高責任者、ザック・オースティンがため息をついた。「もう十回は見てるぞ、ヴァン。何回見たって、この映像からはなんの手がかりも得られない。ソフィー・ヴァレンテがパソコンの画面をスマートフォンで撮影しているだけじゃないか。次の段階へ進もう」

「それはまだ早い。もう一度再生してくれ」

「気がすむまで見ればいいさ」ティム・ブライスがマウスに手を置いた。こちらはデジタル技術部の長だ。立場的にはヴァンやザックの部下ということにはなるが、年齢と社歴からいえば大先輩だった。「何度見ても同じなんだから、時間の無駄だけどね」

ヴァンはティムを冷ややかに一瞥《いちべつ》した。マドックス・ヒルの最高財務責任者《CFO》としては、事実を可能なかぎり収集して検証を尽くすまで、安易に社員へ嫌疑をかけるわけにはいかないのだ。

「無駄かどうかはぼくが判断する」

「それにしても、いったいどこにカメラを仕掛けた？」ザックがティムに尋ねた。「あなたの席から撮っているようにしか見えないが」

「そう、ぼくの席からさ」ティムは得意げに答えた。「デスクに家族の写真を置いてあるんだけど、そのフォトフレームにカメラが仕込まれているわけ。スパイグッズ専門のネットショップがあってね。一見、なんの変哲もないフォトフレームだが、なかなかいい仕事をしてくれるよ」

「先走るのはよくない」ヴァンは言った。「ソフィー・ヴァレンテはサイバーセキュリティの専門家だ。社のためのセキュリティ対策ソフトウェアの開発に一人で取り組みながら、情報漏洩《ろうえい》を防ぐ手法をここのデジタルエンジニアたちに伝授もしている」ヴァンはザックのほうを見た。「つまり、そもそも彼女を雇い入れたのは、こういう事態が起きないようにするためだった。そうだな？」

「ああ」ザックはうなずいた。「確かに、ちょっとおかしな話ではあるな」

「おかしすぎるだろう。仮にだ、彼女がマドックス・ヒルのプロジェクト仕様を盗みだそうとしたとして、人目につきやすいティムのデスクトップなんかでそれをやるわけがない。彼女ならもっとうまくやれるはずだ。おおかたソフトウェアのテストでもしていたんだろう」

ティムが眉を上げた。「ぼくのパソコンで、金曜の夜中、十二時半に？　そんなばかな。ぼくは先週、あえて彼女の前でタカタ・プロジェクトの話をして、このパソコンに入ってる仕様書を見せた。そして説明した。まだこれからドリューたちの微調整が入るから、ウォーターマークは未設定なんだと。実のところその仕様書は古いやつなんだが、彼女が食いつくかどうか見ものだと思っていた。そうしたら案の定だ。ログファイルの痕跡は消せても、ビデオカメラに映った姿は消せないというわけさ」

自分の勝ちだとでも言いたげなティムの口調がヴァンには不快だった。子どもの運動会じゃあるまいし、どちらが勝つとか負けるとかの問題ではないのだ。「とにかく、もう一度見せてくれ」

「はいはい、仰せのとおりに」ティムが再生ボタンをクリックした。日時の表示は五日前の零時三十三分。そこから二十秒間は薄暗いオフィスの映像だけが続く。

そうして彼女が現れる。少し前にマドックス・ヒル建築設計事務所に入社し、情報セキュリティ部門の部長に就任したソフィー・ヴァレンテ。パソコンのモニターが明るくなり、キーボードを叩《たた》く彼女の顔を照らしだす。カメラはモニターの裏側、やや斜めの角度からソフィーをとらえている。白いブラウスはハイネックで、首の横に小さなボタンが並んでいる。ヴァンにも見覚えのあるブラウスだ。裾はパンツにゆったりとタックインされ、幅広のベルトにシルク地がふわりとかぶさっている。髪はいつもの太い三つ編み。それが片方の肩にかかっている。

ソフィーがスマートフォンをかざして画面を撮影しはじめる。彼女の手は、キーボードとスマートフォンのあいだをよどみなく行き来する。まるで何度もそうしてきたかのように。

表情は穏やかだ。夜中に後ろ暗いことをしている人間の緊張は感じられない。おどおどと目を泳がせたり振り返ったり、あるいは意味もなくぎくりとしたり。そんなそぶりは見られない。

むしろ真逆だ。ソフィー・ヴァレンテは落ち着き払って作業に集中している。

「この時間にあなたのパソコンにログインしたのは誰になっている?」

「ぼくだよ」ティムが答えた。「だがもちろん、ぼくはここになんかいない。自宅で妻とテレビを観《み》ていた」

ヴァンは画面を見つめた。「わからないな」

「事実は嘘をつかないんだよ」教え諭すような口ぶりでティムが言う。「残念だが、ヴァレンテは情報漏洩に関わっていると言わざるを得ないね。ウォーターマークが設定されていないのを彼女は知っていた。そしてログに記録されないよう画面を写真に撮った。わからないかい？　だったらデータを――」

「いや、そういう意味じゃなく」ヴァンは穏やかな口調を心がけたが、ティムの様子には苦々しさを覚えた。

ソフィー・ヴァレンテに疑いがかかっていることを、彼は口で言うほど残念がっているようには見えない。むしろ、浮かれているようだ。

だが、いくら不快に感じようと、ティム・ブライスは入社以来二十年かけてここまでのぼりつめた人物だ。ヴァンの倍以上の社歴を持つ彼の意見は、それなりの重みを持つ。

「どこが納得いかないのかな？」ティムの声に苛立《いらだ》ちが滲《にじ》みはじめた。

「どれを取っても決定的な証拠とはなりえないだろう。パソコンには誰でもアクセスできる。彼女が深夜まで残業するのは珍しいことじゃない。彼女の身元については採用前に人事のほうでチェックずみだ。言ってみれば、われわれは王国へ入る鍵を彼女に手渡した。それも、鍵をより安全なものに改良してもらうためにだ。糾弾する前に、本人に説明の機会を与えるべきじゃないか」

「いや、でもね――」

「企業スパイは重罪だ。やっぱり濡《ぬ》れ衣《ぎぬ》でしたではすまされない。百パーセント確実でないかぎり、ぼくは前途有望な女性の未来を断つような真似《まね》はしたくない」

「ぼくには確信があるんだ！」ティムは声を高くした。「ヴァレンテ入社の一カ月後に情報漏洩が始まった。彼女は中国語ができる。シンガポールの学校を出ていて、アジア各地にコネがある。盗まれたプロジェクト仕様のうち、少なくとも二件がシェンチェンの建築設計事務所に流れた。そもそも、彼女ほどの経歴の持ち主がここで働いてるのがおかしいじゃないか。その気になれば多国籍銀行なりサイバーセキュリティ会社なりで、今の倍は稼げるはず。なのにうちに入るって、これはよほどの理由があってのことだよ。その理由をぼくが突き止めたってわけだ。ちなみに彼女の履歴書を見たことはあるかい？」

ヴァンはパソコンの脇にあるソフィー・ヴァレンテの履歴書をちらりと見て、すぐに目をそらした。もちろん、見たことはあった。大きな声では言えないが、それはじっくりと見たものだ。

ヴァンの視線を釘《くぎ》づけにしたのは、その顔写真だった。履歴書やＩＤカード用にありがちな、無造作に撮られた露出オーバーの一枚だが、その手の写真にしては珍しく、当人の特徴が的確にとらえられていた。

ソフィー・ヴァレンテの顔立ちは魅力的だった。高い頬骨、くっきりとした眉、細くてまっすぐな鼻。口もとを引き締めた生真面目な表情だが、唇が個性的な形をしており、それがセクシーでつい何度も見てしまう。栗《くり》色の髪を、今やトレードマークとなった三つ編みにしている。短めの後れ毛が幾筋か、尖《とが》り気味の顎のそばに見える。やや奥まった目は大きく、琥珀《こはく》色の瞳が強い光をまっすぐに放っている。そして、こちらは見据えられたように瞬《まばた》きも忘れてしまう……。

光の加減でそう感じるのかもしれない。あるいは、やや上向きの、誇らしげにも見える顎の角度のせいか。なにしろ首から下は写っていないのだ。上背のある引き締まった体や豊かな胸は。

いずれにしても、ソフィー・ヴァレンテの写真からずる賢さや不誠実さは感じ取れない。それどころか、無防備なぐらい真っ正直な人物という印象だ。

ヴァンの直感はこれまではずれたためしがなかった。いやしかし、それを言うなら、社内の誰かに熱を上げたためしもないのだった。過剰なホルモンが視界を曇らせ判断力を鈍らせることもある。

その穴に落ちてはならないと、ヴァンは自分に言い聞かせた。くれぐれも心してかからねば、と。

「これだけでは証拠にならない」ヴァンは言った。「まだ不十分だ」

ザックが分厚い胸の前で腕組みをして、ヴァンをまじまじと見ていた。共にイラクで戦い、同じ時期にマドックス・ヒルに入社してほぼ十年。互いのことは熟知している。ソフィー・ヴァレンテに対するヴァンの関心が、職務の範疇《はんちゅう》を超えているのにザックは気づいているのだ。射抜くような視線に、ヴァンはいたたまれない気持ちになった。

「もっと情報が必要だな」ザックが口を開いた。「いつもうちが使う不正調査業者に相談してみるよ。当面、この件について他言は無用だ」

「むろんだ」ヴァンは言った。

ザックは続けた。「身元調査によればソフィー・ヴァレンテは頭が切れて、ほぼミスをしない。本人に気づかれずに情報を集めるのは骨だろうな。しかし今のところ、企業スパイのイメージとはどうも一致しない。離婚したばかりでもなければ、借金もドラッグ癖もなし。分不相応な贅沢《ぜいたく》をしている様子もない。わが社に恨みを抱く理由もない。少なくともわれわれの知るかぎりでは」

「こういう場合、動機は金欲しさと昔から相場は決まってるだろう?」ティムが訳知り顔で言う。「よその設計事務所にとっては何百万ドルという価値のある仕様書だ。いずれにしろ、ドリュー、マルコム、ヘンドリック、この三人の耳には入れておくべきだよ。早急に」

「しかるべきときが来たらぼくから話す」ヴァンは言った。「確証が得られた時点で」

ティムは焦《じ》れったそうな声を出した。「しかるべきときは今じゃないか。確証は得られてる。社員みんなの前で彼女が手錠をかけられ連行されるような事態は、ぼくだって望んじゃいない。ただ、ボスたちには現状を知らせておくべきだと言っているんだ。ぼくらがこれを隠していたことがあとからわかったら大ごとだぞ」

「マルコムとヘンドリックは今、サンフランシスコだ。チャン・ウェイ・グループとの会合のために前乗りしている」ヴァンは言った。「ぼくも明日、合流する。そのまま週末にはみんなでパラダイス・ポイントへ移動してドリューの結婚式だ。だからこの件は保留だ、ティム。少なくとも結婚式が終わるまではドリューを巻き込まないほうがいい。忙しくてそれどころじゃないだろうから」

　正確には、忙しいというより、心ここにあらずと言ったほうがいい。ドリューはマドックス・ヒル建築設計事務所の最高経営責任者《CEO》だが、目下のところ妻となるジェンナに夢中で、実際的な職務の面ではまるで役に立たない。ハネムーンでしばらく留守になるのはむしろありがたいと、幹部の誰もが内心で思っているはずだ。そして、舞い上がっているCEOが地上に降り立ってくれる日を心待ちにしている。

だが、そんな友人をヴァンは責める気になれない。ドリューが真実の愛に巡り合えたことを、彼は心から祝福していた。ドリュー、ザック、ヴァンの三人はかつて同じ海兵大隊に所属し、イラクのファルージャで共に戦火をくぐり抜けた戦友同士だった。以来、現在にいたるまでドリュー・マドックスは、ヴァンにとって誰よりも信頼できる大切な友なのだ。

とはいえ、ドリューの結婚はひとつの節目ではあった。ジェンナと婚約した時点で、彼は人生の新たなステージに移ったと言えるだろう。かたや従来のステージに留《とど》まったままのヴァンは、なんとなく置き去りにされたような気分を噛《か》みしめていた。

しかし、人は成長するもので、変わって当然。こんなことで落ち込むとは情けない。そんなふうにも思うのだった。

そもそも、日々に不満があるわけでもない。社員数三千超を誇る世界的規模の建築設計事務所、マドックス・ヒル。そこのＣＦＯという職務は大いにやりがいがある。昔からヴァンは自分の仕事が好きだった。昇進に興味はなかったが、やるべき仕事に誠心誠意取り組むことを繰り返していたら、いつの間にかここまでになっていた。別れた恋人に言わせれば、ヴァンの仕事に対する集中力は一歩間違えれば変人レベルだそうだ。

一歩間違えなくても、彼女にしてみればヴァンはつき合いきれない男だったのだろう、その女性との関係はあっという間に終わった。

「これから、どうする？　内々に調べを進めるったって、本人に知られずにできるかい？」ティムは依然として不服そうだ。「ぐずぐずしていたら手遅れになるぞ」

ヴァンはソフィーのファイルをめくりながら素早く考えた。「彼女、中国語ができるんだな？」

「堪能だね」ティムがうなずく。

「ちょうどいい。サンフランシスコから連絡が来たところだったんだ。明日の会合に急遽《きゅうきょ》通訳のピンチヒッターが必要になったそうだ。土壇場でスウ・リーが家庭の事情で来られなくなった。控えのコレットはあいにく産休中だ。ソフィーが中国語に堪能なら、彼女に頼もう。そうすれば調査から彼女を遠ざけておくこともできる。マルコムのことだ、彼女が倒れるまでこき使うに決まっているから、こっちで進行していることに彼女が気づく暇はないはずだ」

ザックが片方の眉を上げた。「チャン・ウェイ・グループ相手のいわばトップ会談だぞ？　通訳にはプロジェクトの全貌を知られる。本当にいいのか？」

「今回は仕様の詳細について話し合われることはない。数字や納期を詰めるのが目的だ。企業スパイに有益な情報は何もない。最善の策ではないかもしれないが、彼女がこっちにいないほうが業者は仕事がしやすいだろう。それに、彼女がどんな人間か、ぼくが観察するチャンスでもある」

「友は近くに置いておけ、敵はもっと近くに置いておけ。マイケル・コルレオーネもそう言ってる」ティムが含み笑いをした。「近くに置くならマフィアよりはヴァレンテだな。あの女が何者であれ、見た目はなかなか悪くないよ」

ヴァンは歯ぎしりしたいのをこらえた。「まだ敵と決まったわけじゃない。お互い、先入観は持たずにおこう」

「もちろんだよ」ティムはすぐに言いつくろった。「先入観は禁物だ」

ザックがうなずいた。「よし、じゃあ、決まりだな。ヴァンは向こうで彼女を通訳業務に専念させる。そして彼女から目を離さない。いいな？」

いいも悪いも、ほかに選択肢はない。ヴァンはパソコンの静止画像をちらりと見た。ソフィー・ヴァレンテの大きな瞳が、モニターの青みがかった光を受けて金色に輝いている。自分がじっと見つめられているようで、ヴァンはぞくりとした。

ティムが立ち上がった。ぶつぶつと何やらつぶやきながらオフィスから出ていく。ザックは留まり、眉根を寄せてヴァンを見た。

「ずいぶん慎重なんだな」ザックはそう言った。「確かに、先走って騒ぎ立てるべきじゃない。彼女の経歴に不用意に疵《きず》をつけたくないのもわかる。ただ、はっきりさせておこう。おまえが慎重なのは、まっとうな理由からだろうな?」

「奥歯にものが挟まったような言い方だ」

「答えろ。彼女とつき合っているのか?」

ヴァンはぎょっとした。「まさか! ほとんどしゃべったこともない」

「なら、いいんだ。そうカリカリするな。いちおう確かめておきたかっただけだ」

「カリカリなどしていない」唸《うな》るようにヴァンは言った。

長年の友人が何を言いたいか、言葉はなくとも明確に伝わってきた。すべてを見透かすような揺るぎない視線にしばらく耐えたが、限界が来た。ヴァンは立ち上がった。「彼女のところへ行ってくる。通訳が必要になったことを早く伝えないといけないからな」

「わかった。気をつけろ。落ち着いて行けよ」

「いつだって落ち着いているつもりだ」ヴァンはむっとして言うと、大股にドアをくぐった。

ザックの言葉に深い意味はないはずだ。あいつは二言めには、気をつけろ、落ち着け、だ。そんな彼だからこそ、優秀な警備責任者になれたのだ。しかし今のは、こちらのプロ意識に疑問を差し挟まれたようにも思えて、いい気はしなかった。たとえ相手が友人であっても。

自分自身が同様の疑惑を抱いているから、なおさらこたえた。

人の目を引かないよう用心しつつ、ヴァンはマドックス・ヒル社の廊下を歩いた。彼女を見ただけで汗が滲み、動作がぎこちなくなることを思えば、渡り合うには全神経をフル稼働させる必要がありそうだった。

広々とした専用オフィスにソフィー・ヴァレンテはいた。シアトルの中心街を見下ろす窓辺にたたずんでいる。電話中らしい。声は低めで発音は明瞭、その響きは耳に心地いい……が、何語だ？ ああ、イタリア語か。

ヴァンはスペイン語はできるもののイタリア語に関しては聞き取りすらままならず、いつももどかしい思いをさせられるのだった。父はイタリア移民の二世だったが、ヴァン少年が覚えたイタリア語は、食べものと体の部位の名称、そして憎まれ口だけだった。相変わらず意味はよくわからないものの、ソフィー・ヴァレンテの口から発せられるイタリア語の響きは美しかった。

気配を感じ取ったらしく彼女が振り向いた。あとでかけ直すというようなことをきびきびとした口調で相手に伝え、通話を終える。

いつもながら凛《りん》としたたたずまいだった。洗練されていて、見るからにできる女性という雰囲気だ。今日は編み込んだ髪をうなじでシニヨンにまとめてある。スリムな黒のパンツが、長い脚ととびきりのヒップを包んでいる。ゆったりとタックインされたシルクシャツの色は落ち着いたワインレッド。それでなくても長身だが、今日のようにピンヒールのドレスブーツを履くと、百八十七センチのヴァンと十センチも違わないぐらいになる。体型をことさら隠そうとも、よりよく見せようともしていない装いだった。

よりよく見せる必要などあるわけがない。ありのままの姿が完璧なのだから。ヴァンは、思わず見惚《みほ》れてしまいそうになる自分を何度もいましめた。

ソフィーがスマートフォンを置いた。「ミスター・アコスタ。何かご用でしょうか？」

「頼みがあるんだ。きみは中国語ができると聞いたが、そうなのか？」

「はい」

「今しゃべっていたのはイタリア語だね？」

「はい。ミラノ支社のエンジニアと打ち合わせをしていました」

彼女はそこで言葉を切った。当たり障りのない世間話で場をなごませたりはしない。それはソフィー・ヴァレンテのやり方ではない。ただ黙って待っている。何を求めているのか、ヴァンがはっきり口にするのを。

彼女に求めているもののほとんどは、とても口にできない。しかも、それらのせいでさっきから気が散ってしかたがない。

ヴァンは強引に本来の用件に意識を戻した。彼女の体の上に視線をさまよわせないようにするには強靭《きょうじん》な意志の力が必要だった。

「明日、ぼくはサンフランシスコへ出張する。チャン・ウェイ・グループとの会合なんだが、通訳のスウ・リーが家庭の事情で急に来られなくなった。そこで、きみに代役を頼みたいんだ」

ソフィーはまっすぐな眉をひそめた。「中国語はできますが、同時通訳や逐次通訳の訓練を受けた経験はありません。でも、シアトルやベイエリアのトップクラスの通訳にコネがあります。ずいぶん急な話ですが、紹介はできますよ。直接わたしから連絡してもいいですし」

「ありがたいが、マルコムもヘンドリックも社内通訳のほうを好む。明日は完璧な通訳じゃなくていい。互いの意思の疎通さえできればいいんだ。しかも中国語を英語に訳すだけで、英語から中国語は必要ない。チャン・ウェイには向こうの通訳がつくし、彼の孫も同席するから。若きチャン・ウェイは英語がペラペラだ。そういうわけで、外部の通訳を頼むより、できればきみに引き受けてもらいたい」

「そういうことなら、喜んでお手伝いさせていただきます」彼女は続けた。「と、言いたいところですが……そうなると、こちらで進行中のウォーターマーク設定や多段階認証の新システム設計に遅れが出ます。来週はプログラミングチームとのミーティングが目白押しなんです。わたし抜きでは進みません」

「今はナイロビ・タワーズ・プロジェクトを巡るトップ会談のほうを優先してほしい。チームのみんなにはぼくから話しておく」

ソフィーはうなずいた。「わかりました。明日はマルコムとヘンドリックも一緒の飛行機ですか？」

「二人はすでにサンフランシスコのマグノリアプラザに滞在中だ。忙しい二日間になると思うから覚悟しておいてくれよ。木曜も金曜も会議の予定がぎっしりだ」

口角をわずかに上げてソフィーは微笑した。「忙しいのには慣れています」

「ああ、そうだね」ヴァンはどぎまぎしながらぎごちなく言った。彼女のふっくらした下唇が描く曲線に目を奪われ、頭がくらくらした。「ぼくの秘書のベリンダが、スウ・リーに渡すはずだった資料を持っている。明朝の迎えの車も彼女が手配する。時間などの詳細は二人で相談してくれればいい。ぼくとは機内で会おう」

「わかりました。では、明日」

ヴァンは回れ右をして歩きだした。汗ばみ、うろたえている自分に呆《あき》れる。本人に隠れて一社員の個人情報を集めることが、早くも後ろめたくてたまらなくなっている。

しかも、その姿を見るだけで体が熱くなる相手なのだから、なおさら始末が悪い。

もちろん、彼女と関係を持つなど論外だ。会社の人間——ましてや部下とつき合ったことは一度もない。それは惨劇をみずから招くようなものだ。

仕事への取り組み方と同じく、ヴァンのセックスライフも淡々としたものだった。女性との関係が自身に負担や悪影響をもたらさぬよう、周到な交際を貫いた。自宅に女性を連れ帰ったこともなければ、相手の家を訪れるのも避けてきた。

場所はホテルがいちばんだった。事が終われば適当な口実を作って後腐れなく去れる中立地帯。そうしてある程度つき合って、相手に深入りされそうになれば、必ずその前に関係を断った。

自分は根っからの財務屋だとヴァンは思う。管理と抑制を好み、それが得意でもあった。だからこそ優秀なCFOになれたし、優秀な兵士でもあったと自負している。表は火の玉のようでも、芯は冷えきっているのだ。そうした人間がまわりには何人もいて、いい手本になった。

セックスは手軽な気晴らしであり、恋人を満足させれば誇らしさも覚えるが、それだけだ。自分自身、何が変わるわけでもない。進歩も成長もない。

それでかまわないと思っていた。自分の現状に満足していた。

ところが初めてこんな有様になり、すっかり戸惑っている。へどもどして言葉に詰まったり、淫らな夢想やせっぱつまった肉体的欲求に気を取られたり。これが本当に自分なのかと、愕然《がくぜん》としている。

理性と洞察力を失うな、ヴァン。

ティム・ブライスの言い分は信じられない。ソフィー・ヴァレンテから受ける印象に、ティムの推理はそぐわない。

ソフィーの潔白を明らかにするには本人に近づき、その内面をもっと知らねばならないが、容易ではないだろう。彼女がイタリア語で話すのを聞いただけでうろたえるようでは、われながら先が思いやられる。

2

ヴァン・アコスタが立ち去ったとき、ソフィーの真後ろに椅子があったのは幸いだった。ドアが閉まったとたんに膝の力がいっぺんに抜け、彼女はどさりと腰を落とした。息も絶え絶えだった。

ヴァン・アコスタと一緒にサンフランシスコへ？　嘘でしょう？　ああ、どうしよう。いいえ、こんなにそわそわするなんてどうかしている。出張なんだから。あなたは単なる労働力よと、ソフィーは自分に言い聞かせた。

もうじき三十歳。処世術も分別もそこそこ身について、男にはとうに幻滅しているのではなかったか。恋愛なんて、楽しさよりも面倒なことのほうがずっと多いし、どんな男にも大なり小なり問題がある。ソフィーの経験からすると、魅力的であればあるほど、男は大きな欠点を隠し持っているものだ。

その説からすれば、ヴァンにはとてつもなく巨大で致命的な欠点があるということになる。

たとえ奇跡的に欠点がなかったとしても、彼はマドックス・ヒルの経営幹部の一員で、それ自体が事実上の瑕疵《かし》になる。それでなくてもソフィーの毎日は、すでに綱渡り状態だ。責任の重い仕事と、個人的な秘密計画の実行とを両立させなければならないのだから。この会社のCFOを異性として見るなんて、あってはならないことなのだ。

それでも、ヴァン・アコスタはソフィーの心を惹《ひ》きつけてやまなかった。マドックス・ヒル史上最も若いCFOであり、しかもそのポストについてすでに五年近くになるという。数字の神さまとまで言われているぐらいだから、マドックス・ヒルに勤めるよりも、どこかのヘッジファンド会社のマネージャーになるか独立でもすれば、収入はいくらでも増やせるだろう。

ちらりと耳にしたところでは、彼はドリュー・マドックスへの忠義ゆえにこの会社に留《とど》まっているらしい。警備部門の最高責任者であるザック・オースティンを含め、三人はイラクで共に戦った戦友なのだという。どういう偶然かザックもまた、いい男振りで、三人合わせてマドックス・ヒルのセクシートリオと呼ばれたりもしている。同性愛者でないかぎり、ここで働く女性たちには三人の中にそれぞれの一推しがいるのだが、ソフィーが一目で惹きつけられたのはヴァン・アコスタその人だった。

そんなことより、明日からのスケジュールを調整し直さなければ。終業時間が迫っている。打ち合わせの日時を変更したり納期を延ばしたりするため、ソフィーは社内を飛びまわった。入社してまだ数カ月だが、マドックス・ヒルは働きやすい職場だと思う。公私共に親しい友人はまだできないけれど、上司や同僚は皆いい人たちだ。

ティム・ブライスのオフィスを覗《のぞ》いたソフィーは、開いているドアをノックした。「ちょっといいかしら？」

コーヒーを飲んでいたティムはカップを取り落としそうになり、あちっと声をあげて手をひらひらさせた。

「ああ、ごめんなさい。驚かせてしまって」

「きみのせいじゃない」ティムはぎこちなく答えた。「何かと今日はついてないんだ」

「明日と明後日《あさって》のチームミーティングなんだけれど、来週に変更してもらえるかしら？　急遽《きゅうきょ》サンフランシスコへ行くことになったの。通訳のスウ・リーの代役で。チャン・ウエイとの会談。月曜には出社するわ」

「じゃあ、火曜日に変更だな。ぼくはパラダイス・ポイントで結婚式に出て、戻るのが週明けだ。月曜は休みを取ってる」ティムはティッシュの箱に手を伸ばして何枚か引きだすと、コーヒーがこぼれた袖に押し当てた。「ウェストンにメールを回してもらおう。火曜の午後でいいかい？」

「ええ、いいわ。ありがとう。それじゃ、よい週末を」

「きみもね」ティムはティッシュで袖を叩《たた》きながら言った。「きみが留守にするのは残念だよ。しかし、お互い宮仕えの身、上役の命令には従わないとね」

ソフィーは少しためらった。「ティム、大丈夫かしら？　いえ、火傷《やけど》のことじゃなく」

「大丈夫さ」力強い返事だった。「なんら問題はない」

「そう、よかった。じゃあね」

ソフィーは吹き抜けになった広い空間へ歩みを進めた。壁一面を占めるガラス窓に、はるかに高い天井。重役のオフィスへ続くキャットウォーク。なんと先進的で美しい建物かと、しみじみ思う。職場が美しいのは幸せだ。一生という限られた時間、少しでも長く美しい環境に身を置いていたい。

ドリュー・マドックスが通りかかった。CEOはいつもの取り巻きに囲まれ、あたりの女性たちの熱い視線を一身に集めている。無理もない。ハンサムでセクシー、富も名声も才能もあるドリュー・マドックスだ。この本社社屋も彼が設計した。シアトルの摩天楼の一角にあってひときわ瀟洒《しょうしゃ》なこのビルは木造建築だ。今も天井を仰げば見える、赤っぽい格子造りの梁《はり》。あれは直交集成板《クロス・ラミネーテッド・ティンバー》でできている。この建材はコンクリートやスチールと同等の強度を持ちながら、それらより環境に優しく、はるかに美しい。

セクシートリオの中で最初に身を固めることになったのがドリュー・マドックスだった。彼とジェンナ・サマーズのロマンスは世間の耳目を集めたが、いよいよ今週末、彼らの結婚式が執り行われる。どれだけの女性社員が落胆していることだろう。

けれどまだ、ヴァン・アコスタとザック・オースティンがいる。

ヴァンが多少なりとも自分のことを知っていたことが、ソフィーは意外だった。入社時に紹介されたとき、彼はほとんどこちらに注意を払っていないように見えたのだ。

本当は、ずっと注意を払われずにいるほうが好都合だった。会社の創始者であるマルコム・マドックスに近づくチャンスをソフィーは狙っているのだから。マルコムは現在、経営上の意思決定を甥《おい》であるドリューにほぼゆだね、半ば隠居生活を送っている。

この偉大なる老建築家がヴァション島にある豪邸から出ることはめったになく、ソフィーが狙っているチャンスはなかなか巡ってこなかった。しかもマルコム・マドックスは短気で気難し屋なうえ、愚か者と自分が断じた相手には容赦がないというので有名だった。

でも、とソフィーは思う。わたしは愚かじゃない。幸いなことに。

明日からの出張は絶好のチャンスだ。けれどそこには落とし穴がある。ヴァン・アコスタがすぐそばにいるのだ。目的達成のため、いつも以上に集中して頭を働かせなければいけないときに。

くれぐれも用心しないといけない。よそ見などしている場合ではないのだ。

だけど、ああ、それは難しい。身長百七十センチのソフィーが向かい合うと子どもになった気がするぐらい、ヴァン・アコスタは背が高い。少なくとも百八十五センチはある。そして、あの広い肩や厚い胸板。この手で触れて、撫《な》でて、つかんだら、どんな感じがするだろう。

腕も脚も長くて、どこもかしこも引き締まっていながら筋肉は分厚い。節の目立つ、大きくていかにも有能そうな手。完璧な仕立てのスーツの下からも輝く瞳の奥からも、熱いエネルギーが放たれている。それを感じ取るたびソフィーはそわそわしてしまう。くすぐったいような、気持ちいいような、そんな甘やかな感覚は癖になりそうだった。

ヴァンの顔立ちは鋭角的で、やや鷲鼻《わしばな》気味。がっしりした顎は意志の強さを感じさせ、引き結ばれた唇は厳《いかめ》しいと同時にセクシーでもある。ソフィーがとりわけ好きなのは、まっすぐなラインを描く濃い眉だった。深みがある茶色の髪は、黒に見えるほど艶やかだ。ソフィーは想像せずにいられなかった。あの髪を指にからめたら……そして、あの頭を引き寄せたら……。

いけない、いけない。今はそんなことを考えている場合じゃなかった。

ヴァンのオフィスを厳重に守っているのは、秘書のベリンダ・バスケスだった。がっちりした体つきに漆黒の髪、年の頃は五十代後半か。ソフィーが近づいていくと、じろりとひと睨《にら》みされた。赤い唇が非難がましく尖《とが》っている。「何かご用かしら?」

「ソフィー・ヴァレンテです。スウ・リーの代わりにサンフランシスコへ行くことになりました。資料をあなたから受け取って明朝の段取りを相談するよう、ミスター・アコスタから言われたので」

「ああ、それなら聞いていますよ。資料はこれね」ベリンダは引き出しに手を伸ばすと、部外秘と隅に記されている分厚いファイルを引っ張りだした。「どうぞ、持っていって」ファイルをデスクの上に滑らせる。続いてメモパッドとペンも。「住所と携帯番号を書いてくださいな。運転手に伝えるのでね。迎えの時間は午前三時四十五分」

ファイルを抱えたソフィーは驚いた。「ずいぶん早いんですね」

ベリンダがうっすら笑った。「そうね。マルコムとヘンドリックは一日のスタートがとても早いの。ああ、それから服装のこと。会議中は通常のビジネスウェアでかまいませんけど、二日めの最後にレセプションパーティーがあるので、カクテルドレスを忘れずに持っていくように」

「わかりました。どうもありがとう」

「あ、おかえりなさいませ！」ベリンダがソフィーの背後に誰かを認めて破顔した。「今、ソフィーにサンフランシスコ出張の詳細を話していたところです」

「そうか、ありがとう」

深みのある低い声を聞いただけで、体の奥から全身にさざ波が広がっていくようだった。ソフィーは気を引き締めてから振り向いた。

ベリンダが続けた。「そうそう、これも言っておかなくては。あなたね、プロテインバーとレッドブルをバッグに忍ばせておいたほうがよさそうよ。コレットとスウ・リーから恐ろしい話を聞いているから」

ソフィーは思いきってヴァンの目を見た。「恐ろしい話？」

「建築家たちのおしゃべりが果てしなく続くらしいわ」ベリンダがくすくす笑いながらかぶりを振った。「早朝から夜遅くまで、ずっと。通訳はエネルギーを搾り取られるんですって。レモンみたいに、からからになるまで。精根尽き果てるそうよ」

「闘志が湧きますね」ソフィーは言った。「果てさせてもらいたいものだわ」

しまった。ひどく意味深な台詞《せりふ》を口走ってしまったのかも。気まずい沈黙が流れ、ソフィーの顔は真っ赤になった。

ベリンダが、こほんと咳払《せきばら》いをした。「ああ、それならいいの。準備万端というわけね

——ええと、気持ちとしては。では、わたしから伝えておくべきことは以上です。ホテルに部屋も取ってあります」

「最終的な詰めは飛行機の中で」ヴァンが言う。

「わかりました」ソフィーはじりじりと後ずさりながら答えた。「では、準備があるので失礼します」

ヴァンが微笑《ほほえ》むのをソフィーは初めて見た。彼の笑顔は想像をはるかに超える破壊力を持っている。ソフィーはそそくさとその場を離れたが、今にも壁にぶつかりそうな足取りを誰にも見られませんようにと祈った。

こんなことではいけない。しっかりしなければ。わたしにはやるべきことが、自分で自分に課したミッションがある。それを達成するとしたら、これほど絶好の機会はない。マルコム・マドックスのDNAサンプルを、やっと手に入れられるかもしれないのだ。もちろん、母の言葉を疑ってはいない。けれど母は世を去り、わたしの手もとにはじゅうぶんな証拠がない。一人で、自力で、なんとかするしかないのだ。

ひとつだけなら証拠はある。少し前に入手した、マルコムの姪《めい》エヴァのDNAサンプルだ。鑑定を依頼したラボからは、確実な結果を得られたと報告を受けている。だからマルコムのサンプルまでは実際必要ないのかもしれない。

けれどソフィーは、駄目押しが欲しかった。客観的な証拠を束にしてマルコム・マドックスに突きつけたかった。そのうえでまっすぐに目を見つめて告げるのだ。わたしはあなたの娘です、と。

3

プライベートジェットの通路を挟んだ席に、客室乗務員がソフィー・ヴァレンテを案内してくると、ヴァンの緊張はにわかに高まった。昨夜はよく眠れなかった。ソフィーの夢を見ては汗にまみれ心臓を高鳴らせて目を覚ます、その繰り返しだった。

いかなる相手を前にしても冷静沈着でいられるのが元来のヴァンだった。社のスタッフを巧みに統括し、目当てのものをそれぞれから引きだすにはどの紐《ひも》を引けばいいか、適切に判断できた。長年かけて培ってきたそんな管理能力が、彼女と同じ空間にいるときれいさっぱり消し飛んでしまうのだ。

ソフィーが落ち着いた微笑を向けてきた。「おはようございます」

ぎくしゃくとうなずくのが精いっぱいだった。パソコン画面の数字に注意を向けようとするが、まったく集中できない。全神経がソフィーだけを感知していた。

彼女が取り立てて目を引く格好をしているわけではなかった。どちらかといえばいつもよりカジュアルだろう。白いシルクのブラウスに薄茶のタイトスカート。シンプルなテーラードジャケット。髪はアップスタイルで、渦巻き状の小さな金のピアスが、形のいい耳を彩っている。スレンダーな足には上品な茶のスエードパンプス。

ストッキングは穿《は》いていない。ふくらはぎの肌はきめが細かくて張りがある。触れれば、きっとえも言われぬ手触りだろう。

全体的に抑制された雰囲気があり、それがかえってセクシーだった。彼女がシートに腰を下ろすとき、ほのかに甘い香りが漂った。ヴァンは体をそちらへ傾けて、もっと深くそれを吸い込みたかった。

もちろん、そんなことはしなかった。分別を失った獣ではないのだから。しっかりしろ、とあらためて自戒する。

飛行機が離陸して巡航高度に達すると、乗務員がコーヒーと紅茶を運んできた。ソフィーは窓のほうを向き、ピンクに染まった暁の雲を眺めながらコーヒーを飲みはじめた。物思いに耽《ふけ》っているようだ。ヴァンは穏やかに無視されている。

話しかけるなら今だろう。彼女のことをもっと知る、その手始めとして。しかしヴァンはなぜか麻痺《まひ》したように動けなかった。いい年をして、内気な思春期の少年も同然だった。沈黙が降りたまま時間だけが過ぎていき、やがて乗務員がふたたび現れた。朝食を召し上がりますかと問われてソフィーは断った。

格好の糸口にヴァンは飛びついた。

「今のうちに燃料を補給しておいたほうがいい」そう声をかけた。「着陸したら最後、全速力で走りつづけないといけなくなる。食べる暇なんてないぞ」

ソフィーは苦笑いをした。「でも、この時間ですからまだ胃が目覚めていなくて。食べものを入れたらびっくりしそう」

「ヘアスタイルを変えたね」ヴァンは唐突に言い、たちまち後悔した。私的かつ身体に言及した、きわめて不適切な発言だ。

「三つ編みから、ですか？」ソフィーは顎のそばに落ちた後れ毛を耳にかけた。ヴァンの視線を意識した仕草に見える。「あれだと日中、何度か編み直さないとだらしなくなってしまうので。アップのほうがメンテナンスが簡単なんです。ただ、落ちてしまったらおしまいだから、そうならないように祈っていますが」

「いいね、そのスタイル」ヴァンは言った。「もちろん、三つ編みもいいが」

「いつもカンフーの早朝練習のあと出社するので、あれがいちばん手っ取り早いんです」

「カンフー？　毎朝？」

「はい。わたしには欠かせない時間です。高校生のとき、学校が講師を呼んで護身術のワークショップを開いたんです。それ以来、虜《とりこ》になってしまって。いつもカンフーに癒やされてます」

「わかるよ」

「カンフー、やられます?」

「正式なカンフーではないけどね。ボクシングから柔道にいたるまで、あらゆる格闘技や武術をミックスしたものを父親に習っていたんだ。父は海兵隊軍曹で戦闘のプロだった。その父にかかれば、アメリカンフットボールですら武術の一種だったよ。戦闘の苦痛から逃げるのではなくみずから向かっていく精神、それを身につけるにはいいトレーニングだと言うんだ。だからぼくは勧誘されてフットボールもやった」

　ソフィーがちらりとうかがうようにこちらを見た。「チームがあなたを欲しがった理由、わかるような気がします」

「ああ、うん」

　自分の体つきに関係してくる話題など持ちだすのではなかったとヴァンは思った。彼女と自分、双方の肉体をますます強く意識させられる状況になってしまった。

「いいですね、お父さまに鍛えてもらえたなんて」

「いいことばかりじゃなかった。実に厳しい父親で、げんこつもしょっちゅう食らったよ。

おかげで教えはしっかり身についたが」

ソフィーのまっすぐな視線を受けたヴァンは、強力な懐中電灯で頭の中を照らされているような気がしはじめた。まさか、ぼくが同情を引こうとしているなどと思ってはいないだろうな。

「きみは？」話題を変えるためだけにヴァンは訊《き》いた。「娘がカンフーを習いはじめたとき、お父さんは喜んだろう」

ソフィーの眉が片方持ち上がった。「なぜ？」

「この世には下劣なやつがうようよしているからさ。もしぼくに娘がいたら、いの一番にパンチと急所蹴りを教え込むね」

ソフィーはうなずいた。「わたしもです。でもわたしは、母一人子一人で育ちましたから」

ヴァンは内心たじろいだ。またしても言わずもがなのことを言ってしまった。「すまなかった」

「いえ。母は、わたしがカンフーを始めたときには戸惑っていましたね。反対はされなかったけれど。まったくアグレッシブな人じゃなかったから。熱いお風呂とシルクのシャツと、冷えたプロセッコがあれば天国なんですって」

「それは相反するものじゃないだろう。一人の人間がアグレッシブでありつつ風呂や酒を楽しむことは可能だ」

「そんな時間あります？　わたしにはゆっくりお風呂につかってる暇はありません。大急ぎでシャワーを浴びる毎日です」

「それはぼくも同じだけどね。海兵隊にいた頃は二分でシャワーを終えなければならなかった。それでもありがたいと思うようになるものなんだ」

体の話の次は、風呂とシャワーか。どんどんまずい方向へ行っている。このあたりでがらりと話題を変えなければ。

「マルコムとヘンドリックに会ったことはある？」

「すれ違ったことがあるだけで、正式にはまだです。どんな方たちなのかしら」

ヴァンは慎重に言葉を選んだ。「ヘンドリックは耳が遠いから、よく聞こえる側から、それも近づいてしゃべらないとこちらの存在に気づいてもらえない。気づいたところで、相手が女性だと目を合わせようとしないけどね」

「よく聞こえるのはどちら側？」

「左だ。ヘンドリックは女性に対してひどくシャイでね。ああ、奥さん以外のという意味だが。ベヴのことは崇拝していると言っていいぐらいだ。だから彼によそよそしい態度をとられたからって、気にする必要はまったくない」

ソフィーはうなずいた。「わかりました。マルコムは？」

「マルコムのほうが難物だ。気分屋で怒りっぽい。強くあれ、耐えろと、誰に対しても無言で要求してくる」

「耐えるって、何に？」

ヴァンは肩をすくめた。「なんであれ、耐えるべきことすべてに。優しさや配慮は期待しないほうがいい。それどころか、まともな挨拶すら返ってこないこともある。甘くはないぞ」

ソフィーは考え込むような表情のままうなずいた。「なるほど。よくわかりました。優しさなんて不要です」

「その意気だ。マルコムにかかれば、無実が証明されないかぎり誰もが有罪なんだ。どんな人間も、彼の時間と金を奪おうとする無能なろくでなしと見なされる。そうではないと彼に認められるまで」

「それは大変。前もって知ることができてよかったわ。教えてくださってありがとうございます」

「そうは言っても、ぼくは彼を尊敬している。偉大な人だよ。あの才能、洞察力、バイタリティー。わりと馬が合うしね」

「あなたはお眼鏡にかなったわけですね」

ヴァンは肩をすくめた。「だといいが」

彼女の目に、暗闇を照らす光がふたたび宿った。「そうに決まっているわ。お父さまの教えが身についているんですもの。苦痛から逃れるのではなく、立ち向かう。きっとあなたは困難を恐れないいんでしょう」

ヴァンはとっさに答えられなかった。が、幸い乗務員がコーヒーカップを片づけに来て、着陸態勢に入ると告げた。

パソコンを閉じたヴァンは、自分自身に呆《あき》れるしかなかった。なんたるざまだ。ソフィーにこちらを信用させ、いろいろとしゃべらせるために始めた会話だった。それがどうだ。彼女について知るどころか、こちらのほうが自分をさらけだす結果に終わってしまった。

そうして今、頭の中はソフィーのイメージでいっぱいだ。カンフーのレッスン後、顔を火照らせ汗びっしょりになったソフィー。ウェアを脱いでシャワーの下に立つ。熱い湯が滑らかな肌に降り注ぐ。石鹸《せっけん》の泡がたおやかな曲線を撫《な》で、滑り落ちる。

頭から振り払おうとすればするほど、細かいところまで鮮やかに思い浮かぶ。

じきにヴァンは、脚を組み膝にコートを広げなければならない事態に陥った。

4

ラッシュアワーの街中をのろのろとリムジンは進み、ソフィーはヴァンの隣でそっと深呼吸を試みた。ひどく緊張しているのが自分でもわかる。通訳としての自分の力量に不安があるのではなく、気分屋の老帝王に右往左往させられるのではないかと心配だった。しかも、そばには常にヴァンがいるのだ。こちらの心と頭をかき乱すばかりのヴァンが。何ごとにも動じず、クールに仕事をこなすプロフェッショナル。そう自他共に認めるソフィー・ヴァレンテだったはず。なのにヴァン・アコスタのおかげですっかり調子が狂ってしまった。

限りなく黒に近いあの瞳で、ひたと見つめられたら最後、ソフィーは魅入られたように固まってしまうのだった。こちらが必死の思いでまなざしに力を込め、見つめ返しても、彼の視線は揺らぐことがない。

まるで二人のあいだに何か深い繋《つな》がりがあるような、そんな錯覚を起こしそうになってしまう。

　こんなことではいけない。しっかりしなければ。わたしは彼の外見に目がくらんでいるだけ。すばらしい男性であるかのような幻想を勝手に抱いてしまっている。さっさと目を覚まさなければ。

　わたしがここにいるのは、大いなる目的を果たすためだ。マルコム・マドックスに高く評価されること、その裏で彼のＤＮＡサンプルを入手すること。でも、一挙一動をヴァン・アコスタに見張られているような状況では、後者は難しいかもしれない。マルコムのサラダフォークをこっそりバッグに忍ばせるところを見られたりしたら大変だ。

　さらには合間合間に、サイバー泥棒捕獲のために仕掛けたトラップを遠隔監視するという仕事もある。犯人が食いつく餌の種類によって、内部の犯行か、あるいは外から攻撃されているのか、判別できるのだ。

　この会社に入って間もなく、ソフィーは情報漏洩《ろうえい》の事実を確認した。けれどもまわりの誰を信用していいのか、まだわからなかった。だから、もっと決定的なデータが得られるまでは、調査のことは黙っていようと決めたのだった。最も理想的なシナリオは、こうだ。自分の手で突き止めた犯人を、銀の皿にのせた貢ぎ物さながらうやうやしくマルコム・マドックスに差しだす。お膳立てが整ったところで、衝撃の事実を告げる。わたしはあなたの実の娘です、と。

自分には彼の役に立てるだけの資質もスキルもあるのだということを、明白にしておきたかった。断じて、何かをせびるために現れたのではないのだと、わかってもらうために。

ヴァンが電話をかけている。相手をなだめるような口調だ。

「それはわかっているよ。だが、ひどい渋滞なんだ。これぱかりはどうしようもない。落ち着くようにと言っておいてくれ……ああ、そうだな、言わなくていい……わかってる、わかってる……うん、確かに。それじゃ、あとで」諦めたような表情で彼はスマートフォンをポケットに入れた。「マグノリアプラザのノースタワー前でチャールズが待っている。ぼくたちの荷物をホテルまで運んでくれるそうだ。すでに予定に遅れているからね。マルコムはかんかんらしい」

「大変」ソフィーはつぶやいた。「すっかり心証を損ねてしまったわ」

「きみならすぐに挽回《ばんかい》するさ。目覚ましい通訳ぶりで」

ソフィーは笑った。「断言なさるのね」

「そうさ」

「どうして？　わたしの通訳ぶりを見たわけでもないのに」

「ぼくは人を見る目はあるんだ。きみは強靱《きようじん》な精神の持ち主と見た。何が起きても慌てず騒がず冷静に対処できる。マルコムに気に入られる素質はじゅうぶんだ。金曜が終わる頃には、彼はきみの意のままさ」

「本当にそうだといいけれど」

「さあ、着いたぞ」リムジンが静かに停止した。

先に降りたヴァンはソフィーのために車のドアを押さえ、彼女が降りると先に立って歩きだした。ロビーを抜けた先に、巨大なガラスのドームを頂いた渡り廊下が長く伸びていた。それをたどって隣のタワーまで歩いていく。

「これもマドックス・ヒルの設計？」

「うん。去年、竣工《しゅんこう》した。これから会うチャン・ウェイがオーナーだ」ヴァンがドアを開けてソフィーを通した。彼が警備員に手を振ると、向こうも笑顔で手を振り返した。

「次の舞台はナイロビだ。二年前にうちが手がけたキャンベラのトリプルタワーに似たものをチャン・ウェイは希望している。今日、話し合うのはそれについてだ」

「はい、資料を読みました。昨夜、隅々まで」

「マルコム、ヘンドリック、ドリュー、それにチャン・ウェイ・チーム。打ち揃《そろ》って上でお待ちかねだ」

「ドリュー・マドックスも？」ソフィーは驚いて訊《き》き返した。「この週末が結婚式なんでしょう?」

「そう、日曜日に。この会議が終わりしだいドリューはパラダイス・ポイントへ向かうことになっている」

「パラダイス・ポイントのことは聞いています。海を望むすばらしいリゾートなんですって? いつか行ってみたいわ」

「実に美しい場所だよ。ドリューが手がけた初期のプロジェクトのひとつだ。あれが高い評価を得て、彼は一躍有名になった」

エレベーターの扉が静かに開き、丸い金縁眼鏡をかけた年配女性がせかせかと寄ってきた。白髪交じりのカーリーヘアの下、眉が険しくひそめられている。「ずいぶん遅かったじゃありませんか!」

「シルヴィア、通訳のソフィー・ヴァレンテだ。ソフィー、彼女はマルコムの秘書のシルヴィア・グレゴリー」

握手もそこそこに、シルヴィアはソフィーの手をつかんで歩きだした。

「ミスター・マドックスがおかんむりです。お二人とも、急いでください!」

「あの人は大騒ぎしすぎなんだよ」ヴァンがうんざりした口調で言った。

「とばっちりを受けるのはわたくしなんですよ。時間があればお二人を朝食ビュッフェにご案内しようと思っていましたけど、もう無理です。これ以上ミスター・マドックスをお待たせするわけにはいきません。ほら、もっと速く歩いてくださいな！」

ソフィーはちらりと腕時計を見た。まだ八時二十分にもなっていなかった。どうやらマルコムの頑固さは筋金入りのようだ。

彼らを急《せ》き立てて廊下を進みながらシルヴィアはふたつのドアを指さした。「こちらのルームナンバーを覚えておいてください。２４０６と２４０８。オフィスとして使うようにと、チャン・ウェイ側がミスター・マドックスとミスター・ヒルのために用意してくれたお部屋です。それぞれのプライベートな打ち合わせなどで通訳をするときには、このどちらかのお部屋に来てもらうことになりますからね」

シルヴィアに急かされて入った会議室は、過剰な装飾の排されたスタイリッシュな空間だった。壁の一面がガラス張りになっている。低いざわめきと陶磁器の触れ合う音が響いていたが、二人が入っていくとぴたりとやんだ。テーブルの片側に中国人の一団が陣取っている。真ん中の人物だけはかなりの高齢だが、ほかはさほどでもない。

マドックス・ヒル側には法務部の顔ぶれも見えるが、ソフィーの視線は中央の三人に吸い寄せられた。まずドリュー・マドックス。そして創業者の片割れであるヘンドリック・ヒル。痩せこけた禿頭《とくとう》の老人は唇を引き結んだ険しい顔つきだ。

三人めのマルコム・マドックスは、やおら立ち上がるとこちらを向いた。

これまでも社内ですれ違ったことはあった。オンラインで写真も見ている。今、初めて近くからまともにマルコムを見たソフィーは、その昔、母が彼に夢中になったのがわかるような気がした。皺《しわ》が深く頭は白いが、じゅうぶんにハンサムだった。艶のある白髪はふさふさで、緑色の目は落ちくぼんではいるが鋭い眼光をたたえている。眉は太く、頬骨が高い。リウマチのせいで腰は曲がり気味だが、もともとの上背はかなりありそうだ。そして、とても病人とは思えない猛々《たけだけ》しいエネルギーが全身から放たれている。

この人を、母は愛したのだ。生涯忘れられぬ深い愛だった。三十年前のニューヨーク。母はフェルペス・パビリオン建築プロジェクトに携わるインテリアデザイナーチームの一員だった。美しく初々しく、溌剌《はつらつ》としていた母。ブロンドの巻き毛を弾ませて、ロマンティックな夢を見る二十六歳だった母。

四十過ぎのマルコムはそのとき、建築家チームのリーダーだった。彼はカリスマ的魅力と才気にあふれていた。そして、情熱的な男性でもあった。

つかの間の蜜月が過ぎ、やがてマルコムは西海岸へ帰っていった。

妊娠が明らかになると、ヴィッキー・ヴァレンテは愛《いと》しい人に会いに行った。ノックに応えて玄関先に出てきたのは彼の妻、ヘレンだった。ヴィッキーはそのままきびすを返した――屈辱と絶望にまみれて。

節くれ立った手で杖《つえ》の柄を握りしめ、マルコムがこちらを睨《にら》みつけている。「やっとお出ましなすったか。待ちかねたぞ。ミスター・チャン、ヴァン・アコスタには先の会議の折りにお会いになりましたな？」

「ええ、お目にかかりました」チャン・ウェイに目礼しながらヴァンが答えた。「お待たせして申し訳ありません」

「遅すぎる」マルコムが吠《ほ》えるように言った。「わたしは暇じゃないんだ。ミスター・チャン・ウェイのご一行もな」

ソフィーはバッグを置くと、すみやかにヘンドリックとマルコムのあいだに自分の椅子を運んだ。「どうぞ始めてください」静かな声で二人に囁《ささや》く。

ヘンドリックはちらりとソフィーを見やっただけですぐに目をそらしたが、マルコムは刺々《とげとげ》しい視線を据えたまましばらくそらさなかった。

会議が始まり、チャン・ウェイ・グループによる形式的な挨拶が続いた。両社の友好が寿《ことほ》がれ、このたびの事業の成功が望まれ、双方の今後の発展が祈られる。話し手が息を継ぐたびにソフィーは低いがよく通る声で通訳をした。そのうちマルコムが焦《じ》れったそうな様子を見せはじめた。ボールペンを意味もなくカチカチとノックしつづけるのでそれがわかった。

面白いものだとソフィーは思った。彼女自身、緊張したときなどに同じことをする癖があった。やめなくてはと思うのにやめられないから、ボールペンを手近に置かなくなったほどだった。

ミスター・チャンのスピーチが締めくくりに入った。チャン・ウェイ・グループを代表いたしまして、間もなく婚姻を結ばれますミスター・ドリュー・マドックスに心よりお祝い申し上げるとともに、若きお二方の末永いお幸せをお祈りして、わたくしからのご挨拶とさせていただきます——

次にドリューが、年配者の硬い言い回しに倣った文言で謝辞を述べ、会合の導入部分が終わった。ようやく実質的な会議が始まったのだった。

訳すことに追われてほかのことまで考えられなかったのは、ソフィーにとって幸いだった。なにしろ、実の父親がすぐ近くにいるのだ。アフターシェーブローションの香りが感じられ、耳や爪の形を自分のと比べられるぐらい近くに。彼の指はリウマチのために変形していてもとの形は不明だが、幅広の爪はソフィーのものにそっくりだった。頬骨が高いところも似ている。それらはドリューとも共通しているが、彼の場合は瞳の色まで伯父と同じだった。

ソフィーは任務をこなすのに夢中で時間の感覚を失っていた。だからランチ休憩を告げられたときには驚いた。

みんなと一緒に会議室を出たソフィーのもとへ、シルヴィアがやってきた。「ランチのあいだも通訳をお願いできますね?」ノーとは言わせないと彼女の目が語っていた。

「もちろんです」ソフィーは答えた。「わたしでお役に立てるなら」

「マルコムとヘンドリックより先に席についていてください。案内します。どうぞ、こちらへ」

ソフィーはシルヴィアに従ってエレベーターに乗り込み、最上階のレストランへ上がった。

一同が到着するとソフィーはふたたびマルコムとヘンドリックの背後に控え、食事しながらの彼らとチャン・ウェイのやりとりを通訳した。どこからも文句が出ないところを見るとそつなくこなせてはいるのだろうが、ソフィーは半ば上の空だった。胃はとうに目覚めていて、フェットチーネのレモンクリームソースやスタッフド・ロブスターのおいしそうな匂いといったらなかった。

甘くなかった、本当に。プロテインバーをバッグに忍ばせておきなさいとベリンダにアドバイスされた。ヴァンからは飛行機の中で、朝食を食べておいたほうがいいと言われた。

なのにソフィーは、マルコムに接近できるチャンスに浮き足立つばかりだった。もしくは、ヴァン・アコスタの姿にぽかんと見とれているか。とにかく、どれほどお腹が空《す》こうとも自業自得だ。

でも、たとえプロテインバーを隠し持っていたとしても、それをかじる暇はおそらくなかっただろう。

ランチは長々と続いたが、ようやくデザートが運ばれてきた。一緒にコーヒーも来た。と思うとまた新たな話が始まった。貿易の話、政治の話。さらにチャン・ウェイが曽孫《ひまご》の写真を披露して、ひとしきりその双子の男の子たちの話になる。またコーヒーのおかわりが来る。

会議室へ戻るあいだも、ソフィーはマルコムとチャン・ウェイの後ろに従い、歩きながら通訳をした。ミスター・チャン・ウェイは、建物における余白の詩的美しさについて雄弁に語った。

一度だけトイレへ行き、手を洗って顔にざっと水をかけたのがソフィーの休憩だった。そのあとすぐに始まった午後の部は、かかった時間は午前の部の二倍、議題ははるかに専門的なものになった。チャン・ウェイ・グループ顧問弁護士とマドックス・ヒル法務部門による丁々発止のやりとりも数時間続いた。

ついに声がかすれ、ソフィーは咳払《せきばら》いをした。マルコムがさっと首を巡らせて彼女を睨む。

そのとき背後に誰かが立った。何かの蓋が開く音がしたので振り向くと、ミネラルウォーターのボトルを手にしたヴァンがいた。みんなが無言で見つめる中、ソフィーは急いで水を含んだ。ありがたい一口だった。結局、この短い時間だけが、午後のソフィーの息抜きとなったのだった。

閉会が告げられたのは空が茜《あかね》色に染まる頃だった。案内によれば、ディナーの会場はサウスタワーの最上階にあるレストランらしい。マグノリアプラザの、こことは反対側に位置する建物だ。会議室を出たソフィーは、歩み寄ってくるシルヴィアを見ても驚かなかった。彼女のあの表情ももう見慣れた。

「手はずはランチのときと同じですからね」シルヴィアは言った。「ミスター・チャン、ミスター・マドックス、ミスター・ヒル、この三人より先に会場へ行って待機していること。ミスター・マドックスはディナー前の世間話を通訳なしでするのが何よりお嫌いですから」

ソフィーは密《ひそ》かにため息をついた。「承知しています」

「場所はおわかり？　マグノリアプラザの造りは複雑です。もしわからなければ、案内図を——」

「ぼくがわかる」ソフィーの背後から聞こえたのは、深みのあるヴァンの声だった。「一緒に行こう」

ソフィーはヴァンのあとからエレベーターに乗り込んだが、どぎまぎするのを忘れるぐらい疲れていた。目と喉がひどく痛む。ヴァンからもらったミネラルウォーターを取りだして、ごくごくと飲んだ。「感心するわ」思わずつぶやいていた。「あの人たち、すごいスタミナ」

「きみこそ大したものだ」

気休めを言わないでという目で軽く彼を睨み、ソフィーは水を飲み干した。

「本当だよ。マルコムだって気づいているに決まってる」

「まさか。朝から一度もわたしのほうを見向きもしないんですよ。最初に遅刻したとき怖い顔で睨まれただけ。あとは咳をしたとき。そうだ、まだお水のお礼を言っていなかった。本当にありがとうございました」

「マルコムは完璧な出来を褒めたりはしない。それが当然だと考えているから。ものごとが問題なく進行しているときはまるで知らん顔だが、自分の高い要求が満たされない事態になると黙ってはいない」

「じゃあ、一日中マルコム・マドックスに無視されるのは喜ぶべきこと?」

「大いにね。きみは非常に優秀な通訳だ。一度も言葉に詰まることがなかった。ぼくは中国語はわからないが、終始よどみなく会話が流れていたのは確かだ。今日の会議で得られた成果はぼくたちの予想以上のものだった。きみのおかげだよ」

「それは、どうも」ソフィーは空のペットボトルをバッグに戻した。「そう言っていただけると救われます。マルコムはいつもあんな調子なんですか?」

「いつもああして超人的な集中力と偏執的なまでの粘り強さを発揮するのか、ということなら、うん、そのとおり。そして同じことを部下にも求める。その結果はご覧のとおりさ」

「彼のもとで働くのは大変だと聞いてはいたけれど」

「よく知られた話だが、彼に認められるには彼に倣わなければならない。いい例がドリューだ。少なくともジェンナと出会う前のドリューはマルコムに似ていた。姪《めい》のエヴァも、似たところがあるといえばある。そういえば、きみもだ」

「わたしが? マルコムに似ている? 嬉《うれ》しいような嬉しくないような」ソフィーはわざと軽い口調で返したが、ヴァンの指摘にはぎくりとさせられた。

自分にマルコムと似たところがあるのだろうか。遺伝という神秘のなせる技か。そうだとしても、実の父親の内面を深く知ろうとは思わないほうがいい。ステージⅣの膵臓《すいぞう》がんが発覚したとき、母が最も恐れたのは娘がこの世で一人ぼっちになることだった。だからソフィーに約束させたのだ。自分が死んだら、マルコムや彼の甥姪《おい》に対して名乗りでる、と。

それからわずか数週間で母は逝ってしまった。

痩せさらばえた手の冷たさをソフィーは鮮明に覚えている。娘の手を握りしめて母はこう言った。〝あなたがあの人たちから得るものより、あなたが与えるもののほうが大きいわ。あなたを身内として迎えられる彼らは幸せよ。わたしがそうだったもの。あなたがいてくれて、わたしは幸せだった〟

あのときのことを思い出すたび、喉もとに熱い塊がせり上がってきて苦しくなる。

母の懸命な思いは理解できる。父と娘の感動的な対面、これからの円満な交流を、母は思い描いていたのだろう。しかしマルコム・マドックスは、一筋縄ではいかない人物として名高い。敬遠する人も多いと聞く。そんなマルコムと突然現れた娘が、本当に心を通わせられるだろうか。望みは薄いと言わざるを得ない。一人ぼっちが寂しいという理由だけでは、失望が待っているとほぼわかっている道へ足を踏みだすことはできない。ソフィーが今こうしてここにいるのは、ひとえに母との約束を果たすためだった。

ヴァンが何かしゃべっている。ソフィーは意識を彼に戻した。

「……だから、似ていると思ったんだ。長時間の労働を厭《いと》う様子が少しもない。毎晩、遅くまで仕事をしているだろう?」

「あれは仕事熱心というより、ほかにすることがないから」深く考えずにソフィーは答えた。「乗ってきたところだし、このまま残って続きをやってしまおうというだけです。家へ帰っても誰が待っているわけでもなし」

「つき合ってる人はいないの?」

ソフィーの顔が熱くなった。「シアトルへ越してきてまだ三カ月です。新しい生活に慣れるので精いっぱい」

エレベーターの扉がするすると開き、ソフィーは救われた気分になった。ふたつのタワーを結ぶドーム屋根の通路を、二人とも無言で歩いた。この時間、ほかに人影はほとんどなかった。

「昼、食べていないだろう。かわいそうに」

「平気です。優しさや配慮は期待しちゃいけないんですものね」

ヴァンが何かつぶやいたが、そこへサウスタワーのガラス張りのエレベーターがやってきて扉が開いた。

最上階へは瞬く間に到着した。レストランもガラスの壁に囲まれている。優雅で落ち着いた雰囲気の空間には厨房《ちゅうぼう》からのおいしそうな匂いが漂っていて、ソフィーの口中に唾が湧いた。

案内されたのは広々とした個室だった。沈む夕陽《ゆうひ》の錆《さび》色の輝きに包まれた長いテーブルにキャンドルが並び、十六人分の席が用意されている。

けれど通訳の席はなかった。ソフィーはスタッフに頼んで椅子を持ってきてもらった。それを上座の二席のあいだに置こうとしていると、ドアの外からマルコムの声が聞こえてきた。誰かと言い争っているようだ。ドアが開く。相手はドリュー・マドックスだった。ドリューは不服そうな顔をしている。

「……なぜそこまで心配してやる必要がある」マルコムがぴしゃりと言った。「これしきで音を上げるタイプには見えん。そもそも今どきの娘というのはろくに食べないではないか。脂はだめ、糖質はだめ、あれもこれもだめと言ってな。まったく、愚かな連中だ」

二人が同時にソフィーに気づいた。マルコムはわざとらしく咳払いすると、ぶつぶつつぶやきながら杖をつきつきテーブルへ向かってきた。ドリューは申し訳なさそうにソフィーを見やった。

ほどなく全員が揃い、ディナーが始まった。先ほどのヴァンの言葉がいくらかは励みになったものの、通訳することに意識を集中させるのはランチのときよりさらに困難だった。つい料理に視線を奪われそうになる。アーティチョークのタルト。完璧な焼き加減のステーキ。みずみずしいピンク色の断面を見せる肉には、薄く削ったグラナ・パダーノがトッピングされている。宝石と見紛《みまが》うチェリートマトに、ちりばめられたルッコラ。ローズマリーとタイムをあしらってローストされたポテト。深紅のワインはプリミティーヴォ種のものだ。

それらの香《かぐわ》しい匂いを嗅ぐだけで目眩《めまい》がしそうだった。

いつホテルの部屋へ戻れるのかわからないが、ルームサービスを頼むには遅すぎる時間になるのは間違いない。ミニバーのピーナッツをつまむのがせいぜいか。今、お腹が鳴った。ナイフやフォークが皿に当たる音と静かな会話が、この音をかき消してくれることを祈るしかない。耐えなければ。最後まで。

やがて、ついに、とうとう、チャン・ウェイ・グループの人々がいとまを告げ、去っていった。残ったのはマドックス・ヒルの幹部とソフィーだ。

マルコムはワインを飲み干すと向きを変え、査定するような目でソフィーを見た。「今後、中国語が必要な会合には彼女を使う」彼はドリューとヴァンにそう言った。「ほかの通訳は、いらん」

「実は彼女はうちの社員で、サイバーセキュリティの責任者なんです」ヴァンがそう明かした。「スウ・リーとコレットの代役として、急遽《きゅうきょ》——」

「スウ・リーやコレットよりいい。はるかにな」マルコムは眉間に皺を寄せたままソフィーのほうへ向き直った。「ほかに何語ができる？」

「あ……会議の通訳までできるのはイタリア語ぐらいでしょうか。いずれにしても、専門的に勉強したわけでは——」

「決まりだ。イタリア語か中国語の通訳が必要なときにはきみに頼む」

「あの……でも——」

「今日はゆっくり休みなさい。明日も長い一日になる。まあ、今日は思っていたよりはかどったが」マルコムは難癖をつける材料を探そうとするかのように渋面を作ったが、何も思いつかなかったのか、ふんと鼻を鳴らして両手を投げ上げた。「そんなところだ。では、失敬する」

杖を鳴らしてゆっくりとマルコムは立ち去った。ドリューが急いであとを追い、エレベーターに乗り込む手助けをした。

全身から力が抜けていくのを感じながらソフィーはヴァンのほうを向いた。「ホテルは遠いのかしら」

「いや、全然。ここがホテルなんだ。一階から六階までがベレンソン・スイーツ・ホテルになっている。行こう。部屋まで案内するよ」

「フロントへ下りなくていいんですか？　まだチェックインしていないけれど」

「シルヴィアがやってくれた。荷物も部屋へ運び込まれている。３００６号室だ。部屋の前でスタッフからカードキーを受け取る手はずになっている」

　高速で降下するエレベーターの中で、ソフィーはからかうような笑みを浮かべて彼を見た。「この感覚は何かしら？　なんだか……とっても優しくされているような心地よさを感じるんです」

「今日は大変な一日だったからね」ヴァンが笑い返した。「それはきっと、生き延びた安《あん》堵《ど》感というやつさ」

　三階で扉が開いた。ヴァンはソフィーを従え、ゆったりとした足取りで廊下を進み角を曲がった。３００６号室の前に、ホテルの制服を着た若者が立っていた。手にした封筒をソフィーに差しだして言う。「お荷物は中へお入れしておきました」

「どうもありがとう」ソフィーは封筒を受け取り、カードキーを出した。

「こちらがお食事です」スタッフがかたわらのカートを示した。銀製のクローシュで覆われた皿が満載されている。「すぐに召し上がりますか？」

「食事?」ソフィーはぽかんとしておうむ返しに言った。「あの……ほかのお部屋と間違えているみたい。わたしは何も頼んでいないわ」

「いや、間違いじゃない」ヴァンが言った。「ぼくがオーダーしたんだ」

「え?」ソフィーは戸惑い、カートとヴァンを見比べた。

「レストランでのきみの顔からすると、あのメニューが気に入っていたようだから同じものを頼んだんだが、よかったかな」

「それはもちろんですが……そんなにわかりやすい顔をしていました?」

「注意して見ていれば明らかだった」

張りつめた沈黙がしばし流れた。ソフィーは頬が熱くなるのを感じながらドアのほうを向き、カードキーを差し込むと脇へ寄って、カートを押すスタッフを通した。「実はお腹がぺこぺこなんです。温かい食事がいただけるなんて思ってもみなかった。でも、これこそ過剰に優しくされているみたい」

「いや、これも人材マネジメントの一環でね」そこでヴァンは微笑《ほほえ》んだ。「すぐれた人的資源の乱用は今の時代、通用しない。昔からそうしてきたというのは理由にならないんだ。経営者としてまずいやり方だが、マルコムはぼくの意見になど耳を貸さない。まあ、誰の意見にもだが。そういうわけで、これはぼくが講じた次善の策というわけだ」

「すごくありがたいです。すぐれた人的資源なんて言ってもらえて嬉しいわ」

「マルコムがきみのことをそう見ているのは間違いない」

失礼しますと言ってスタッフがいなくなると、二人はその場に立ったままぎこちなく黙り込んだ。

「それじゃ、おやすみ。ゆっくり食べるといい」ヴァンがくるりと背を向けて歩きだそうとした。

「待って！」

その言葉は、考える前に口から飛びだした。

出てしまった言葉は取り消せない。ヴァンはもうこちらへ振り向き、問いかけるように眉を上げている。

「食べるのを手伝っていただけません？　これはとても一人で食べきれる量じゃないわ」

「ぼくはたらふく食べた。きみは朝から何も口にしていないじゃないか」

「では、ワインだけでも。わたし一人で一本は飲みきれないから、もったいないです」

ヴァンはためらい、それから体をこちらへ向けた。「わかった。それなら一杯だけつき合おう」

先に立って部屋へ入りながら、ソフィーは激しく動揺していた。いったいなぜ、あんなことを言ってしまったのだろう。誤解されたのではないだろうか。キングサイズのベッドが鎮座する広い部屋なのに、ヴァンがいるだけで息苦しいような感じがしてしかたなかった。

「ちょっと失礼しますね。手を洗ってきます」

「そのあいだにワインを注《つ》いでおこう」

バスルームのドアが閉まると同時に、ソフィーは洗面台に飛びつくようにして鏡を見た。そして息をのんだ。目の下にはくっきりと隈《くま》ができ、口紅は剥げ、シニヨンが半ば崩れて顔や首のまわりに幾筋も髪が落ちていた。セクシーな乱れ髪などというものではなく、正真正銘のぼさぼさ頭だ。

バッグを持ったままだったのは幸いだった。クレンジングシートとリップグロスとマスカラはここにある。でも、ああ、髪。髪はどうしよう。ソフィーはヘアピンを全部はずして髪を下ろした。長い時間シニヨンに結われていたために癖がついて、ひどくうねっている。手っ取り早いのは三つ編みにしてしまうことだが、編み終わりを縛るものがない。ヘアゴムはポーチに入っていて、ポーチはスーツケースの中だ。シニヨンに結い直すのは時間がかかるだろう。手がこんなに冷たくて震えているのだから。こうして迷っているあいだも、部屋でヴァンが待っている。

もう、こうするしかない。ソフィーは髪に指を通してざっとほぐした。そのうえで、いかにも最初から髪はこうするつもりだったというような、澄まし顔を作った。

クレンジングシートで顔を拭き、マスカラを軽く塗り直した。それから備えつけの歯磨きセットの恩恵を受け、仕上げにリップグロスを塗る。この状況ではこれが精いっぱいだった。

歯磨き直後の赤ワイン。とんだ組み合わせだ、とは思うけれど。

これは女のたしなみというものだから。

5

ふたつのグラスにワインを注《つ》いだあと、ヴァンは窓辺へ寄って夜景を眺めた。大したことじゃない。心の中でそう繰り返した。プレッシャーのかかる一日の終わりに仕事仲間と軽く飲んで互いを慰労する。自分はすぐに切り上げて、彼女をゆっくり休ませる。それだけの話だ。ほかになんの意図もない。あるとすれば、ソフィーに関する情報を本人から得ること――それと同時に、水面下で調べが進んでいるのに気づく暇をできるだけ与えないこと、か。後者については、図らずもマルコムが今日一日、その役目を担ってくれていたことになるわけだが。

それにしてもソフィーにはあらためて驚かされた。強靭《きょうじん》な体と精神を持ちながら物腰はあくまで優雅、どんな局面でも落ち着きを失わない。そして、あの声だ。あの声が自分を悩ませる。彼女の声を聞くたび体が反応してしまうのだ。まるで見えない手に愛撫《あいぶ》されたかのように。

ソフィーがしゃべると、体の中で血がたぎる。だめだ、こんなことでは。あのソフィー・ヴァレンテが、ティムの言うサイバー泥棒であるわけがない。すべてを備え持った人間が、わざわざ時間と労力を費やして他人の労働の成果を盗んだりするものか。ソフィーはまれに見る資質の持ち主だ。同様の資質の持ち主はわずかしかいない。自分が知る中ではザックとドリュー、ドリューの妹のエヴァ、もうじきドリューの妻になるジェンナぐらいか。彼らに共通しているのは、みずからの力を知り、生を享《う》けた意味を自覚し、天命を果たすため真摯に努力するところだ。

そして彼らは、不正行為や卑怯《ひきょう》な真似《まね》をしない。モラルや主義の問題というより、そんなことは思いつきもしないのだ。

自信がなく不安や嫉妬にかられた人間だけが、悪事を働き他人のものを奪う。ソフィー・ヴァレンテはそれに当てはまらない。

バスルームのドアが開いたようだ。照明が消え、換気扇が止まった。しゃべろうとして振り返ったヴァンは、何を言おうとしていたのか瞬時に忘れた。

ソフィーは着替えてはいなかった。服装は昼間と同じ、白いシルクのブラウスと薄茶のタイトスカートだ。けれどもパンプスを脱ぎ、髪を下ろしていた。ほっそりとしたきれいな足だ。土踏まずのアーチが高く、爪はゴールドに彩られている。どこか誘っているようにも見える瞳のきらめきを目にしたとたん、ヴァンの背中に汗が噴きだした。

肩のまわりで髪が奔放に波打ち、唇がつやつやと光っている。しっとり潤った肌はとても柔らかそうだ。ああ、キスしたくなる。

「ごめんなさい」もじもじしながら彼女は言った。「お待たせしてしまって」

「いや、全然。ゆっくりすればいい。疲れただろう」ヴァンはワインのグラスを取って差しだした。

ソフィーはそれを受け取り、口をつけた。「すごくおいしい」

ヴァンはテーブルを手で示した。「さあ、食べて」

「それじゃ、いただきます」ソフィーはそう言って腰を下ろした。

ヴァンが向かいに座ると、ソフィーは皿にたっぷり取った料理を一口食べた。「ああ、幸せ。少しでも召し上がりません？　全部はとても食べられないわ」

「いや、本当にお腹がいっぱいなんだ。見られていると食べにくいかな？」

「そうですね、少し」ソフィーはチェリートマトを勢いよく口に入れた。

「失礼しようか、一人のほうがよければ」

「いいえ、いてください」今度はディナーロールを取ってちぎる。「このステーキ、最高だわ」

「気に入ってもらえてよかった。ドリューもぼくも、きみにランチぐらいとらせてあげるべきだとマルコムに進言したんだ。しかしあのとおり、彼はスパルタ式の信奉者だ。打ちのめされ、立ち上がった者だけが価値を認められると信じて疑わない。まったく、時代遅れも甚だしいよ」

「お気を遣わせてしまってすみません。でもあれがマルコムのやり方なら、こちらは応じるまでですから」

「うん、きみは応じられる人だ。みんなが今日それを知ったよ」

ソフィーが目を伏せた。「ちらっと聞きました。あなたとドリューは軍隊で一緒だったとか」

「海兵隊でね。イラクへ二度行った。アンバールとファルージャに」

ソフィーはうなずいた。「この会社には入ってどれぐらい？」

「十一年ちょっと。二十三で入社したから」

「すごいわ、三十四歳にしてＣＦＯなんて。それも、マドックス・ヒルみたいな世界的企業の」

「いちばん下っ端からのスタートだった。除隊後、ぶらぶらしていたときにドリューから誘われたんだ。伯父さんがやっている建築設計事務所で働かないかって。ぼくが数字に強いのを知っていて声をかけてきたんだ。軽い気持ちでそれに応じた。別にいいか、会社員ってのは面倒がなさそうだし、と思ってね」

ワイングラス越しにソフィーの目が微笑《ほほえ》んだ。「実際にやってみて、どうでした？　面倒はなかった？」

「まあ、最初は経理部の雑用係兼コンピュータ担当で、それはもうこき使われたけどね。そのうち、財務部長のチャック・モリッシーという人に目をかけられるようになって。数年たった頃、彼が会社にかけ合ってくれて、大学の学費を出してもらえることになった。大学に入って会計学を修め、資格も取って、そのあと本格的に財務畑を歩みはじめたというわけだ。のちにＭＢＡも取得した。これもチャックに背中を押されたんだが」

「高校卒業後に進学はしていなかったんですか？」

ヴァンは首を振った。「するつもりだった。高校三年の時点で、フットボールの特待生としての進学が決まっていたんだ。ところが父親が亡くなって成績はガタ落ち、奨学金を受ける資格を失った。奨学金をもらえないんじゃ大学へは行けない。近場に就職先もない。ワシントン州の内陸部は田舎で、ヤマヨモギの藪《やぶ》と麦畑ばかりさ。だから海兵隊に入隊した」

「独力で切り開いてきた人生ですね」

ヴァンは肩をすくめた。「そうとも言いきれない。チャックの存在は大きかったよ。CFOに昇進したあと、ぼくを財務部長に取り立ててくれたのも彼だし。マルコムとヘンドリックには繰り返し難問を吹っかけられて鍛えられた。ドリューはぼくの昇進話が出るたび掩護《えんご》射撃をしてくれた。ぼくの今があるのは、彼らみんなのおかげだ」

「その人たちにしてみれば、あなたへの投資は百倍になって返ってきたわけですね。ちなみに、なぜ海兵隊に？」

ヴァンはグラスを傾けながら考えた。「自分自身を試してみたかったから、かな」しばらくしてからそう答えた。「それと、新しいスキルを身につけたいというのもあった」

「それは叶《かな》えられた？」

「ああ。このままここで出世してやろうと本気で考えていた時期もあった。だがファルージャとアンバールを経験して、そんな気持ちも薄れた。ドリューが負傷して帰国したあとはもう地獄だった。ほかにも親しい仲間を大勢失ったよ」

ソフィーは続きを待つ顔でワインをちびちび飲んでいるが、ヴァンはこの話題を打ち切りたかった。イラクでの過酷な体験の詳細はこの場には重すぎる。それでなくても空気は緊張をはらんでいるのだ。

「お父さまも海兵隊で戦闘を経験なさったんですよね」ソフィーがそう言った。「もしかして、お父さまと同じ道を歩みたかったとか？　お父さまの厳しさの理由を理解できるかもしれないと考えて」

探るようにこちらを見つめる澄んだ瞳を、ヴァンは言葉もなく見返した。催眠術にでもかかったかのようだった。

「それで、理解はできました？」ソフィーが答えを促してくる。「入隊したかいはあったのかしら？」

その問いがヴァンの頭の中で反響する。彼女が指摘したような動機は一度も意識したことがなかった。だが言われてみれば、まさにそのとおりだったような気がする。

ヴァンは目を伏せた。呆然《ぼうぜん》としたままワインを一口飲む。しゃべることはまだできなかった。

ソフィーがナイフとフォークを置いた。「ごめんなさい」静かに言った。「差しでがましいことを言いました。忘れてください」

「いや、全然かまわないんだ。頭の中を整理するのにちょっと時間がかかっただけで。答えはイエスだ。おそらくぼくはそういうつもりだったんだと思う。当時は自覚していなかったが。そして、うん、入隊したかいはあったよ」

ソフィーは安堵《あんど》の表情を控えめに見せた。「自分に関わりのないことについてあれこれ

うがまだいいよ」

「やめないでくれ。言いたいことはなんでも言ってほしい。そうじゃないと、こっちが苦手な世間話のネタを考えないといけなくなる。それよりは、真実の矢に胸を射抜かれるほうがまだいいよ」

ソフィーは声をたてて笑い、ステーキの一切れにフォークを刺して口へ運んだ。肉汁が指についたのを舐《な》め取る。指に触れたふっくらした唇が微笑の形になる。

ヴァンの全身が硬直し、ドクドクと脈打ちだした。顔が熱い。背中が汗ばむ。

ヴァンは目をそらし、息をついた。

「今度はそちらの番です」彼女が言った。「個人的なことでもなんでも、質問をどうぞ。もちろん、お互いの品位を損なわない範囲で」

品位。その言葉はずいぶん窮屈に感じられた。今のヴァンのズボンと同じぐらいに。

彼は男の品位を保つため、脚を組んだ。「ちょっと待って。考えるから。せっかくのチャンスだ、有効に使わないと」

ソフィーがまた笑う。「そんなに深く考えないで。たいそうな質問じゃなくていいんですから」

「よし、これでどうだ？　さっききみはぼくについて、独力で切り開いてきた人生、と言った。じゃあ、きみは？　どうやってこれほどのことを成し遂げたんだい？」

ソフィーはローストポテトを小さくかじった。「経済的に恵まれていたのは確かです。母は裕福な家の出だったし、母自身、仕事で成功していたから、わたしの教育に関してお金に糸目はつけなかった。でも、当然わたしは偉業を成し遂げるはずだと、母も祖父母も決めつけている節がありました。聖書にあるでしょう、〝多くを与えられた者は多くを期待される〟って。あれがあの人たちの基本的な考え方でした」

「それできみは今も飛び抜けた優等生なのか」

ワイングラスを手にしたソフィーは鼻を鳴らした。「そんなことありません。でも、自分に課すハードルはわりと高いほうかもしれない――あなたと同じく」

「もうひとつ、いいかな？　調子が出てきたぞ。次から次へと質問を思いつく」

「どうぞ、どうぞ」

「じゃあ父親の話に戻るが、きみのお父さんは？　母一人子一人と言っていたね。ご両親は離婚を？」

ソフィーの笑みが凍りつき、ヴァンはにわかに不安になった。なんでも訊《き》いてくれという彼女の言葉を額面どおりに受け取ったのが間違いだったか。固唾《かたず》をのんで、琥珀《こはく》色の目を見つめる。

「父はわたしが生まれたことも知りません」長い沈黙のすえに彼女はそう言った。「当然、音信不通です」

「お父さんにとって大きな損失だ」

「そう思いたいわ」

「じゃあ、生まれたときからお母さんと二人？」

ソフィーの表情が和らいだ。「偉大な母でした。母の娘で本当によかった。才能あるアーティストで、人としても立派で。売れっ子のテキスタイルデザイナーだったんです。世界中を飛びまわっていたけれど、わたしが中学校を卒業する頃にはシンガポールにほぼ落ち着きましたね」

「今もシンガポールに？」

ソフィーはかぶりを振った。「去年、亡くなりました。膵臓《すいぞう》がんで」

「……そうか。残念だったね」

ソフィーはうなずいた。「病気の兆候なんて何もなかったから、本人にとってもわたしにとっても青天《せいてん》の霹靂《へきれき》」

「ぼくも母を亡くしている。イラクにいたときだ。心筋梗塞というのは実に卑劣なやつだね。ただの胃痛のふりをしてやってくる。母も胃が痛いと言いながら寝て、それきり目を覚まさなかったそうだ」

「じゃあ、お母さまにお別れも言えなかったのね。つらかったでしょう」

ヴァンはうなずいた。「帰国後、自分の居場所がなくなったようで戸惑った。民間人の暮らしには慣れていないし、家族はいなくなってしまったし。だからドリューにうちに入らないかと声をかけられたとき、思ったんだ。ほかにやるべきことなんてないじゃないか、少なくとも親友のそばにいられるじゃないか、ってね」

「そのあとはご覧のとおり、というわけね」

「そんなところだ。それはさておき、きみは？　どうしてマドックス・ヒルに入った？」

ソフィーの視線がすっとそれた。「似たようなものかも。母がいなくなったら、なんだか拠《よ》り所《どころ》を失ったみたいになって。新たな地点に立たなきゃと思ったんです。新しいものを見なきゃって」

「ここへ来る前はシンガポールにいたのかい？」

「人生のほとんどをシンガポールで過ごしてきました。そこで大学を出て、ソフトウェア設計の仕事について。あるとき、生物学を研究している友人の博士論文が盗まれるという事件が起きました。他人ごとながらものすごく腹が立ってサイバーセキュリティの勉強を始めたら、いつの間にかそれが仕事になっていたというわけ。中国語もシンガポールで身につけました」

「イタリア語は？」

「母がイタリアの人だったんです。イタリア系アメリカ人ですね。アコスタというのもイタリアの名前でしょう？　ヴァンはジョヴァンニのニックネーム？」

「そのとおり。カラブリア州出身のイタリア移民三世だ」

「わたしの祖父は七十年代にフィレンツェからニューヨークに渡ってきました。当時十三か十四だった母はすぐに英語をマスターしたけれど、祖父母が一緒のときはイタリア語だったんですって。わたしは半分、祖父母に育てられたようなものなんです。母が仕事で遠出するとき、わたしは祖父《ノンノ》と祖母《ノンナ》とお留守番。祖父はイタリアから大理石を輸入する会社を経営していました。イタルマーブルという会社です。東海岸のビルの多くに、祖父が輸入した石が使われているんですよ」

　ヴァンは驚いた。「イタルマーブルはきみのお祖父《じい》さんの会社だったのか？」

「イタルマーブルをご存じ？」

「あたりまえだ。仕事柄、高級建材を扱う業者なら全部知っている。あそこは何年か前にトップが交替したんじゃなかったかな？」

「はい、ノンノの引退で。あれからほどなくしてノンノは亡くなりました」

「それは残念だったね」

ソフィーはうなずいた。「わたし、十一歳のときに、母に助けを求めたんです。今度お仕事で遠くへ行くときは一緒に連れてって、お留守番はもういや、って」

「助けを？　どうして？　お祖父さんお祖母《ばあ》さんはきみにつらく当たったのかい？」

彼女は、柔らかなルッコラをフォークに巻きつけるようにして皿からすくい上げた。

「まったく逆。とっても可愛《かわい》がってくれました。それはもう、息が詰まるほどの過保護ぶりで」

「へえ。考え方が古風だったのかな？」

「それもそうだけれど、理由として大きかったのはわたしの健康問題」

「健康問題？　病弱だったのか？」

「小さい頃、心臓病で何度か死にかけたんですって。手術を受けて二年ほど療養したらすっかり元気になったのに、祖父母だけはいつまでたっても虚弱児扱いするんです。それがすごくいやで」

ヴァンは、テーブルの向こうで輝くばかりに生命力をあふれさせている女性をしげしげと見た。旺盛な食欲を全開にしてローストポテトをぱくついている。重い病を患った彼女を想像するのは難しい。

「今のきみは虚弱とはほど遠いけどね。夜明けにカンフーの練習をして、ハイヒールを履いてばりばり仕事して」

「ちょっとがんばりすぎているかもしれません」ソフィーは素直に認めた。「でも、弱いソフィーに二度と戻りたくなくて、ついがんばっちゃう」

ヴァンはワイングラスを掲げて乾杯の仕草をした。「目標は達成されているよ」

「そうかしら？　でも人は日々、山を登らないといけないんです。麓から、毎日。生きているかぎり。過去の成果に寄りかかって休んでいてはだめ」

「それはまた厳しい考え方だな。疲れないかい？」

「ときどきは。でもね、知ってます？　お腹に大きなステーキが入っていると、どんな厳しさにも耐えられる力が湧いてくるって。ごちそうさまでした。すばらしいディナー、堪能しました。本当にありがとうございました」

「どういたしまして。仕上げはデザートだ。準備はいいかい？」

琥珀色の目がひときわ大きくなった。「デザート？」

「四種類から選べる。ちなみにぼくが食べたのはチョコレート・チーズケーキ」

「チーズケーキ、大好きです」

ヴァンはカートから皿を取ると彼女の前に置き、すっとカバーをはずした。「さあ、ど《ヴォワ》うぞ《ラ》」

ソフィーは目を輝かせた。チョコレート・クッキーを砕いたクラストに、ねっとりとしたチーズが何層も重なり、その上でラズベリー・シロップが渦を巻いている。脇にはスイカ、パイナップル、キウイ、真っ赤なカランツ、みずみずしいイチゴ、艶やかなラズベリー。芸術品のような一皿だ。

「これは手伝ってもらわないと」ソフィーは言って、ラズベリーを一粒口に入れた。「残したらもったいなさすぎるわ。そうかといって、一人で平らげたらお腹を壊してしまいそうだし」

「まあ、食べてごらんよ。きみが先に」

ソフィーがチーズケーキの端をすくい、口もとへ運ぶ。

クッキーのかけらをキャッチするピンク色の舌。嬉《うれ》しそうに細められる目。見ているうちにヴァンは苦しくなって、椅子の上で身じろぎをした。

「はい、どうぞ」ソフィーは、たっぷりケーキをすくったスプーンをヴァンのほうへ差しだした。

ヴァンは上体を前傾させ口を開けた。クリーミーな甘さが口中に広がったとたん、慎重に築いてあった壁もルールも消し飛んだ。自分でも怖くなるほど、ヴァンは激しく欲情した。

ゆっくりとケーキを咀嚼《そしゃく》し、のみ込んで、〝おいしいね〟とかすれた声で言いながら、自戒のための箇条書きを心によみがえらせようと試みた。

ティム・ブライスが彼女にサイバー泥棒の容疑をかけている。ザックが彼女の身辺を調査している。彼女はマドックス・ヒルの社員である。重要な社員である。自分は彼女の上司である。社内の女性と関係を持たないのが自分の流儀だ。部下となど論外。

しかし、どうしてそんなルールを定めたのだったかわからなくなるぐらい、今のヴァンはソフィーを欲していた。また一口頬張る彼女に、ヴァンは熱い視線を注いだ。

くそっ。なんてきれいなんだ。

「もっと、いかが？」

ヴァンは目をそらした。「そろそろ引き上げるよ。明日もまた忙しくなりそうだから」

ソフィーの笑みが消えていった。「ごちそうさまでした。とってもおいしかったです」

何か言わなければ。深く考えなくていい。当たり障りのない、儀礼的な言葉でいい。そう思うのに何も浮かばなかった。いずれにしろ、声が出そうになかった。声帯も、体のほかの部位も、この意思に背いてばかりだ。一刻も早く、ここから脱出しなければならない。

取り返しのつかないことを言ったりしたり、する前に。

6

ヴァンを送りだすため、ソフィーは先に立ってドアへ歩いた。やっと彼に背中を向けることができて、少しほっとしていた。向かい合っているあいだ、これまでになく笑ったりしゃべったりしたのが、今になって恥ずかしく思えてくる。誰にも明かしたことのない身の上話をしたり、彼に立ち入った質問をしたり。いったいどうしてしまったのかと、われながら戸惑いを覚える。

戸惑うといえば、ヴァンの思惑もわからない。どうしてこんなことをしてくれるのだろう。こちらの気を引こうとしているのか、それとも単なる親切心からか。見極めがつかない。

男の下心をわずかでも察知すれば、容赦なくはねつけるのがこれまでのソフィーだった。けれどヴァン・アコスタのことは、そんなふうにあしらえなかった。誘われているのかいないのか、それがわからないから。

女性に内緒で豪華なルームサービスを手配しておく。ありがちな手だ。けれどもヴァンは、こちらを誘おうとするようなそぶりはまったく見せなかった。彼を招き入れ、ワインを一緒に飲んでほしいとソフィーのほうから頼んだにもかかわらずだ。性的な事柄を連想させる発言やほのめかしはなく、また、ソフィーをおだてたり褒めそやしたりといったこともなかった。

職業観や仕事ぶりにはずいぶん感心されたけれども。

あのやりとりは、男と女の戯れの会話よりもはるかに濃密だった。ヴァンと話しているあいだ、ソフィーは体内に電気が流れるような不思議な感覚を味わっていた。どこか深いところで、互いに通じ合うものがあるように思えたのだった。

魂と魂がいっとき触れ合う感覚。それは恐ろしくもあり、刺激的でもあった。

思い出してソフィーの体は激しく緊張した。震えるつま先を、カーペットの毛足の中で突っ張らせるようにして歩いた。胸が苦しくて、息をするのも恐る恐るだった。ヴァンの存在を、そして自分自身の体を、強く意識してしまう。過敏になった肌に服が重い。太腿にやけに力が入って、心臓が激しく高鳴っている。

ドアの取っ手をつかもうとしたそのときだった。ヴァンの手がソフィーの手に重ねられた。

触れ合ったところから全身へ、熱がぱっと広がった。鼓動がドクドクと耳に響きはじめる。のぼせたように頭がぼんやりする。

ヴァンがすぐそこにいる。何もかも、はっきり感じ取れる。彼の匂いも、背の高さも。きれいにフィットした服の下の筋肉も。肩がこんなに広いなんて。照明の光がさえぎられるほどだ。

彼はソフィーの目を覗《のぞ》き込んでいる。顎の筋肉が拍動している。

もはや疑う余地はなかった。ヴァンは誘っている。でも、〝ちょっと寝てみないか〟などという気軽な誘いではない。

これは正真正銘、本物の欲望だ。

視線を下げると、欲望の証《あかし》がはっきり確認できた。ヴァンが手を伸ばし、ソフィーの髪を人差し指に巻きつけて、優しく引っ張る。

引き寄せられるように、ソフィーはふらりと前へ出た。彼の背は思っていたよりさらに高かった。見上げていると首が痛くなってくる。でもすぐに頭は温かな手に支えられた。ヴァンの温《ぬく》もりに包まれて、シャツとコロンの香りに酔いしれた。あとほんの少し近づけば、肌と肌が接触して――わたしは理性を失うだろう。

ヴァンの欲望の炎がソフィーに飛び火した。ヴァンが欲しい。強くそう思った。大きくてたくましくてハンサムな人。頭がよくて洗練されていて優しい人。率直にこれまでの人生を語ってくれた人。復活祭の教会の鐘もかくやというぐらい、わたしの胸を高鳴らせた人。ああ、欲しい。存分に味わいたい。彼の体をぐいと引き寄せ、それをスカーフみたいにこの身に巻きつけたい。焼けつくような欲求がソフィーを苛《さいな》んだ。

そのとき、ふと頭に浮かんだのは母だった。ボスとの軽はずみな情事に生涯を翻弄された母。蜜月は瞬く間に終わりを迎え、あっという間に忘れ去られた母。でも母のほうは、決して忘れなかった。

ソフィーの心の目に母の姿が映る。シンガポールのアパートメント。ワイングラスと煙草《たばこ》を手に、母がテラスで座っている。来る日も来る日も、沈みゆく夕陽《ゆうひ》をそうやって静かに眺めていた。夢見るような、どこか悲しげな表情を浮かべて。

ヴィッキー・ヴァレンテはマルコムを想《おも》いつづけていたのだった。ほかの男性を愛することはなかった。まれに交際が始まっても、じきに母が相手とマルコムを比べるようになり、向こうが早々に去っていくのが常だった。

マルコムほどの人はおらず、母にとっては誰もが物足りなかった。母の胸の空洞は誰にも埋められなかった。

たった一度の恋愛が、母の心に永遠に消えない爪痕を残したのだ。

それと同じことがわたしに起きる可能性がある、とソフィーは思った。わたしはこんなにもヴァンに魅せられている。これほど強く誰かに心惹《ひ》かれるのは生まれて初めてだ。だから、危ない。母の轍《てつ》を踏んではいけない。いっときの欲望に、人生を覆されてはならない。

ソフィーは一歩後ずさり、壁に背中を預けて自分を支えた。「あなたはわたしの上司でしょう」震える声で言った。「どちらのためにもならないわ」

ヴァンが髪を離し、手を下ろした。彼は何か言いかけたが、すぐに口を閉じた。「そうかもしれない」ややあって、そう言った。「すまなかった。おやすみ」

そしてドアを開けると、無言で立ち去った。

ソフィーはドアがひとりでに閉まるのをじっと見ていた。なぜか無性に腹が立った。足を踏みならして叫びたかった。なんてもったいないことを。どうして……どうして、こんなことに?

けれど、しかたがない。今はこれ以上、荷物は背負えない。マルコムとの親子関係を証明するためDNAサンプルを手に入れること。そして、自分が彼の娘として恥ずかしくない人間だと明確に示すこと。このふたつのミッションで手一杯だ。

人はみんな、この世に存在する権利がある。それを必死になって証明する必要なんて、本来ならないはずだ。ところがわたしは、マルコムに認められたくて、感心されたくて、必死になっている。こんな娘なら持つ価値がないと思われるのが怖い。

ずいぶん気弱になっていると自分でも思う。ここでさらに何か起きたら、もう持ちこたえられないだろう。

だから、わざわざ不安材料を増やすことはないのだ。

7

ソフィーは今日も溌剌《はつらつ》としている。昨日と変わらない。ヴァンはそう思った。パンプスを履いているが、その下にセクシーな金色の爪が隠れているのを自分は知っている。下ろした髪が昨夜の出来事を思い出させる。あの艶やかな髪がこの手の中で――

コツン。不意に足を蹴られてわれに返った。首を巡らすと、こちらを睨《にら》みつけるマルコムと目が合った。次いでマルコムはソフィーに目を転じた。彼女は今、ヘンドリックの耳に顔を近づけ、低いけれど明瞭な声で通訳をしている。

しゃんとしろ。声に出さず、口の形だけでマルコムはヴァンをたしなめた。

この老人にはすべてがお見通しだ。

無言のやりとりにソフィーも気づいたらしい。よどみなく通訳を続けながらも、訝《いぶか》しげにちらりとこちらを見た。幸い、会議はそろそろ終わりに近づいていた。双方ともに満足できる合意に達したことを、チャン・ウェイ・グループとマドックス・ヒルが互いに讃《たた》え合っている段階だ。しかしチャン・ウェイの締めくくりの挨拶は、すでに四十分以上も続いている。

それもようやく終わり会議は閉会、その一時間後に一同はふたたびレセプション会場で顔を揃《そろ》えた。ビュッフェの準備が調えられた広間にヴァンが着いたときには、ソフィーはすでにそこにいた。

ドリューと並んでチャン・ウェイの孫息子と談笑するあいだも、気を緩めるとヴァンの視線はソフィーへと流れた。ヘンドリックと老チャン・ウェイのあいだで通訳をするソフィー。夕陽《ゆうひ》に照り映えグラデーションに染まる空をバックに、彼女の姿がシルエットになって浮かんでいる。まるで一幅の絵のような光景だった。アイボリーのシルクのスカートが、きれいな腰のラインに軽やかに添っているのがとてもいい。

見るんじゃない。彼女から視線を剥がすんだ。ヴァンは何度もそうやって自分を戒めなければならなかった。

時間がたつにつれ、場の雰囲気はくつろいだものになっていった。料理もワインもすばらしかった。食事が終わり、若きチャン・ウェイがドリューにあらためて結婚の祝いを述べているときだった。マルコムが彼らを大声で呼びつけた。

「ヴァン！　ドリュー！　ちょっと来い！　提案がある！」

しながら。

ヴァンはドリューに付き従ってそちらへ移動した。ソフィーと目を合わせないよう用心しながら。

「ミスター・チャンを結婚式にお招きしたらどうだ。お孫さんも一緒にな。来週半ばまでアメリカに滞在なさるそうだから、ちょうどいいだろう?」

異を唱えられるはずもなく、ドリューはにこやかに答えた。「それはいい考えですね。ゲストが多ければ多いほどにぎやかで楽しい式になります」彼は老チャンに軽く頭を下げた。「ぜひともご列席ください」

「よし、決まりだな」マルコムがうなずく。「二百五十人も招待しているんだ。ここで二人や三人増えたとてどうということはあるまい。シルヴィアに宿泊用の部屋を用意させよう。ソフィーもだぞ。ミスター・チャンには通訳が必要だ」マルコムはソフィーのほうを向いた。「シアトルへは月曜に戻るということでかまわないな?」

「え……ええ、もちろんです」ソフィーは驚きに一瞬絶句したあと、そう答えた。「社のほうにすぐ連絡を入れます」

「よろしい。ヴァン、きみにはこの祝祭に同伴する女性がなかったそうだな。つまらないとエヴァが嘆いておったぞ。これで同伴者ができたじゃないか。八方めでたしとはこのことだ」

祖父に何やら耳打ちした若きチャンが、微笑《ほほえ》みながら言った。「祖父は少々疲れたようです。部屋まで送り届けてきますよ」それから彼はドリューを見た。「あとでバーでお会いできますか？　あなたの独身最後の夜に乾杯させてください」

「喜んで」ドリューはヴァンのほうを向いた。「一緒にどうだ？」

「ああ、いいね」

二人のチャンが去ったあと、ソフィーが申しでた。「これで今夜の通訳はお役御免となりましたし、ちょっと失礼してもよろしいでしょうか」

「なぜだ？」マルコムが居丈高に問う。「どこへ行く？」

ソフィーはにっこり笑ってさらりと答えた。「手を洗いたいので」

マルコムがわざとらしい咳払《せきばら》いをした。「そういうことか。行きなさい」

それきりヴァンの耳には周囲の会話が入ってこなくなった。意識はバッグを手にして遠ざかるソフィーにしか向いていない。

あからさまに思われない程度の間を置いて、ヴァンも中座した。椅子にかけてあったジャケットを取って廊下へ出ると、ちょうどソフィーが角を曲がるところだった。

あとを追い、角から顔だけ出して先を覗《のぞ》いた。ソフィーは化粧室を素通りし、マルコムのオフィスとして使われている客室へ近づいていく。

人目を憚《はばか》るようなそぶりを見せ、彼女は後ろを振り返ろうとした。とっさにヴァンは頭を引っ込めた。

ふたたび角の向こう側を見たときソフィーの姿はなく、マルコム用の客室のドアが閉まるところだった。

胃が急降下した。空気が冷え、あたりが暗くなった気がした。急いであとを追う。あそこにはマルコムのパソコンがあるはずだ。プロテクトはかけていないのではないか。あの老人が企業の機密保持にまつわる現実を真に理解できる日はおそらく来ない。ナイロビ・タワーズ・プロジェクトが実現したのは、これまでマドックス・ヒルが手がけてきた数々のプロジェクトの積み重ねがあってのことだった。マルコムのパソコンにはそれらの仕様がすべて入っている。サイバー泥棒にしてみれば、このうえない価値を持つデータだろう。

知らず知らず駆けていた。痛みに向かって走れ――フットボールに明け暮れた日々、父はそう言った。その教えに従うかのようにヴァンは走った。そうしてオフィスのドアを開き、素早く視線を巡らせた。

室内は暗く、無人だった。ノートパソコンが開かれた形跡はない。バスルームから水の音が聞こえる。ソフィーだ。

ヴァンの背後で客室のドアが閉まった。安堵《あんど》のあまり目眩《めまい》がしそうだった。ソフィーはパソコンを開いていない。こちらが駆けつけるまでの短いあいだに、そんな暇はなかった。先にトイレをすませてから実行するつもりだった？　いや、有能なスパイなら一刻も無駄にはしないはずだ。バスルームに長居などするわけがない。ソフィーが入って一分……二分……三分。ほぼ五分たった。じっと待っていると、水音がやんだ。

バスルームのドアが開き、室内に光が差した。

ソフィーは震える手でそのフォークをビニール袋に入れ、バッグに滑り込ませた。この部屋で昼間、マルコムがフルーツトライフルを食べるのに使ったフォークだった。この行方を横目で追いながらマルコムとチャン・ウェイのやりとりを通訳するのは至難の業だったが、最後に置かれた場所はしっかりと記憶に刻んだ。そして、祈った。隙を見て自分が回収に来るまで、どうかこのままでありますようにと。ほかの人たちが各自のフォークを無造作にトレイのあちこちに放置したのに対して、マルコムだけはきちんと彼の皿の上に横向きにして置いたのだった。

ありがたいことに、すべてがそのまま残されていた。清掃スタッフはまだ入っていないようだ。幸運以外の何ものでもなかった。

ビニール袋をバッグにおさめたあとバスルームに入り、ドアに鍵をかけて洗面台の蛇口をひねった。歯ブラシや剃刀《かみそり》がここにないのはわかっている。そういったものは宿泊用の部屋にしかないだろう。さすがにそこへ忍び込むほどの度胸はなかった。けれどソフィーは、マルコムがここで薬をのむのを目撃していた。常用している降圧剤だ。そのときに彼が使ったコップを手に入れたかった。

DNAサンプルは二種類あればじゅうぶんだろう。いや、それも本当は必要ないのだ。会社でドリューの婚約を祝う会が開かれた折、ソフィーはエヴァが使ったシャンパングラスをこっそり持ち帰った。DNA鑑定の結果、二人がいとこ同士であることはほぼ確実であると鑑定士から太鼓判を押されたのだった。

そもそもあの鑑定だって、絶対に必要なわけではなかった。母がソフィーに嘘をつかなければならない理由なんてどこにもないのだから。それも、今際《いまわ》の際《きわ》に。あのときまでは、父親についてソフィーが何を訊《き》いても答えてくれない母だった。めったにしない親子喧嘩《げんか》の種のひとつがそれだった。

本当に母は頑《かたく》なだったのだ。死を目前にするまでは。

だから、母の言葉に疑いを持っているわけではまったくない。けれど、自分が詐欺師などではないことをマドックス一族に納得させるためには、客観的な証拠を揃える必要があるのだ。

ソフィーはバッグの口をパチンと閉めると手を洗い、ドアを開けた。

「ここで何をしている？」いきなり声がした。

ソフィーは悲鳴をあげて飛びすさった。脈が一気に速くなる。「ヴァン！　びっくりさせないで！」

彼はドアのすぐそばに立っていた。濃い色の瞳がきらりと光った。室内はほの暗い。バスルームの照明と窓から入る街明かりだけが頼りだ。

「なぜ、こんなところにいるんだ？」

「トイレを使うためです。共用とプライベート、両方あればわたしはプライベートのほうを使います」

「ここはマルコムのオフィスだ」

ソフィーは守りに入った。「昼間、何度も出入りしました。わたし以外の社員も。だからここはみんなのオフィスだという認識でしたけれど、お気を悪くなさったのなら、申し訳ありませんでした。失礼します」

ソフィーは顎をつんと上げ、大股で歩きだした。

ヴァンの前を通り過ぎようとしたとき、手首をつかまれた。「ソフィー」

またた。彼の大きな手が少しでも触れると、ソフィーの体はかっと熱くなって耳の奥がドクドクと脈打ちはじめる。激しい興奮に胸を鷲《わし》づかみにされたようになる。

「なんですか？」声を震わせないようにするのが精いっぱいだった。

「責めてるんじゃない。ただ驚いただけだ」

「あとをつけたの？」

否定も肯定もせず、ヴァンは黙って立っている。ソフィーが手を引っ込めようとしても離してくれない。

「答えて」

「ああ、あとをつけた」

「なんのために？」ソフィーは語気を強めた。

彼の腕が腰に回された。抵抗できなかった。背中にあてがわれた手の熱が、洋服越しに肌を焼く。

「こうするために」ヴァンは言い、唇を重ねた。

8

あの人とのキスはどんな感じだろう。この二晩で、ソフィーは何度も想像した。けれど現実は、どんな想像をもはるかに超えていた。

全身が燃え上がった。体の奥で生まれた火は瞬く間に広がって、目もくらむ炎になった。彼の唇はソフィーを魅惑し、底知れぬ愉悦の沼に引きずり込んだ。髪に指を差し入れられると、ソフィーは夢中で彼の首に腕を回した。心臓がドクドクと音をたてている。甘く激しいキスの合間に一瞬浮上しては喘《あえ》ぐように息をつき、すぐまた戻っていっそう激しく彼を求めた。

世界が揺らぎ、傾いた。ヒップの下に硬い感触がある。いつの間にかマホガニーのデスクにのせられていた。靴が片方脱げかけてつま先にぶら下がっている。それを落としてもう片方も脱ぎ捨てると、ヴァンの脚に自分の脚を巻きつけた。彼はソフィーのヒップに両手をあてがうと、自身の高まりきったものに向かって強く引き寄せた。

脚と脚、舌と舌がからみ合う。ああ、なんて素敵な味なの。しなやかに躍る熱い唇。無限の快感を予感させる舌。キスされてこんなふうになるのは初めてだった。自分がどこにいるのか、ソフィーは忘れた。自分が誰なのか、何をしているのか、どんな危険を冒しているのか、すべて忘れた。わかるのはヴァンの存在だけだった。

ドアが大きく開いた。部屋の照明が灯《とも》る。ソフィーはヴァンの肩越しに戸口を見、目を瞬《しばた》いた。

マルコム・マドックスが立っていた。驚きと怒りに顔を引きつらせて。

まずい。ヴァンは心の中でつぶやいた。ソフィーが身を硬くして縮こまるのがはっきりわかった。

「呆《あき》れたな」マルコムが吐き捨てた。「はてさて、これはいったいどういうことだ、ヴァン?」

ヴァンはソフィーの温《ぬく》もりから離れると回れ右をして、ボスと向き合った。

ソフィーがデスクから下りてスカートを整えた。腰をかがめて靴を集め、するりと足を入れる。さらにバッグを拾い上げると、挑むような口調でヴァンに言った。「失礼します」

彼女は出口で足を止め、マルコムが通り道を空けるのを待った。

「お見苦しいところをお見せしました」動こうとしないマルコムにソフィーは言った。「勝手に入ってしまい申し訳ありません。でも、もう出ますので」

「この二日間きみを見てきて、もう少し分別があるかと思っていたがな」

ソフィーは唇を引き結んだ。「わたしもです。失礼します」

一歩脇へ寄ったマルコムは、彼女が廊下へ出るなり荒々しくドアを閉めた。

ヴァンは覚悟した。ただですまされるわけはないだろう。

「きみのほうは何か言いたいことがあるか？」凄《すご》みを感じさせる声で問われた。

「ありません。軽率でした。お詫《わ》びします。念のため申し上げておきますが、先導したのはぼくであって彼女ではありません。ソフィーは公私混同するような人じゃない。すべてはぼくの責任です」

マルコムは疑わしげに鼻を鳴らした。「なかなか立派な申し立てだが、わたしに言わせればどっちもどっちだ。彼女はきみにビンタを食らわせ、頭を冷やせと怒鳴りつけるべきだった。上司と部下ではないか。愚かな真似《まね》はやめろ」

「わかりました」ヴァンは硬い声で答えた。

「修行僧のように生きろとは言わんが、社員が相手となれば話は別だ。どちらにとってもろくな結果にはならん」

「はい。それはわかっています」ヴァンは繰り返すしかなかった。

「本当にわかっているのか？　相手に深い傷を残すことになりかねないのだぞ。むろん、きみが傷つく場合もある。この手の話がめでたい結末を迎えることはまずないと言っていいい。わが社のイメージダウンにも繋《つな》がる」

確かにマルコムの言うとおりだが、ヴァンはこの話を長々としていたくなかった。「わかりました」もう一度言った。「そろそろ失礼してもよろしいでしょうか」

マルコムがゆっくりと続けた。「あの娘を見ていると、昔の知り合いを思い出すのだ。何十年も昔の話だが、あのとき犯した過ちへの悔いはいまだにわたしを苛《さいな》む」

ヴァンは立ち去るに立ち去れなかった。「すみません、それがぼくとどう関係してくるんでしょうか」

「わたしはある女性を傷つけた」マルコムは言葉を継いだ。「わたしは身勝手な愚か者だった。自分の快楽しか頭になかった。尾を引く苦しみはその代償だ。かけがえのないものを見つけたはずが、当時はその価値に気づいていなかった。気づかないまま、失ってしまった。なぜこんな話をしているのか自分でもわからん。だがきみに同じ過ちを……いや、いい。なんでもない。忘れてくれ」

「そうおっしゃるなら」

マルコムがヴァンの肩に手を置いた。そうしてヴァンの目をひたと見据えた。「わたしの轍《てつ》を踏んではならん」苦々しげな声だった。「愚か者にはなるな。さもないと後悔するぞ」

「はい」ヴァンは困惑しつつ答えた。マルコムがこんな目をするのを初めて見た。ましてや彼が苦悩や弱さを露《あらわ》にするなど、想像したこともなかった。痛々しささえ感じさせる姿だった。「肝に銘じます」

ふん、と鼻で笑ってマルコムは視線をはずした。「いいや、きみはしたいようにする。わたしにはわかっている。きみにもわかっているはずだ」

ヴァンはそろそろと彼から離れた。「失礼します、ミスター・マドックス」

「分別を持てよ」マルコムが怒鳴った。「さっさと行け」

ヴァンはただちに命令に従った。

9

ソフィーは自分自身に驚いていた。めったに涙なんて流さないのに、マルコム・マドックスに叱責されたのがショックで、シャワーを浴びながら泣きじゃくるなんて。

もちろん、マルコムに自分の人格についてとやかく言われる筋合いはまったくない。けれど男はみんな、女を独自のものさしで判断する。たとえそれがお気に入りの女であっても。しかもマルコムにとっての自分は、そのカテゴリーには属していない。

この調子では将来的に気に入ってもらえる可能性も低い。おそらくマルコムにはもう見限られた。ソフィー・ヴァレンテは会社に厄介ごとをもたらす尻軽女、そう決めつけられたかもしれない。

ああ、それにしても、あのキス。欲望を引きずりだされて体が溶けてしまいそうだった。今もまだ頭がくらくらしている。マルコムとあんな一幕があり屈辱を噛《か》みしめたあとだというのに。

まさかこんなことになるとは思ってもいなかった。バスルームでDNAサンプルを手に入れるところまでは自分の手際に惚《ほ》れ惚《ぼ》れするほどだったのに、ヴァンにキスされたとたんわれを忘れてバッグは床に真っ逆さま。どうにか手に入れたコップがもし割れていたら、それはきっと天罰だった。

ソフィーは濡《ぬ》れた体を拭いて、まとめていた髪を下ろすと、ホテル備えつけのバスローブを羽織った。髪を梳《と》かし歯を磨きながら、考えた。サイバー泥棒をとらえるべく仕掛けた罠《わな》を、そろそろチェックしたほうがいいだろうか。昨日は忙しかったり疲れていたりで何もできなかった。疲れ果てているのは今夜も同じだけれど。

卑劣な泥棒は必ず捕まえてやる。捕まえられるに決まっている。でも、マルコムがソフィー・ヴァレンテの頭脳とスキルに驚き感心するに違いないという幻想は、この分だと幻のまま終わりそうだ。

言い訳をするわけじゃないけれど、悪いのはわたしではない。ヴァン・アコスタが魅力的すぎるのだ。彼のキスにわれを忘れたからといって、責められる筋合いはないと思う。

ドアがノックされた。期待が稲妻のように全身を駆け抜ける。

落ち着きなさい。客室係かもしれない。予備のタオルとボディソープを持ってきたのかも。ほら、ちゃんと息をして。

また、ノックの音。

「どなた?」

「ヴァンだ」

そのあとの数秒、現実感が消えた。さまざまなイメージや感情や記憶がいちどきによみがえり、ソフィーの中でひしめき合った。わたしに密着した大きな熱い体。わたしに降伏を迫った熱い唇。わたしをのみ込もうとした、猛《たけ》りくるう欲望の渦。

ほんの少しでも気を緩めれば、わたしはあっという間にあの渦に深くのみ込まれてしまうだろう。そうなったら最後、二度と戻ってこられないかもしれない。

ご用件は? そう訊《き》こうとしてソフィーは口を開いたが、すぐに閉じた。とぼけても無駄だ。大きなリスクを冒してでもわたしがこれを望むか、あるいは望まないか、そのどちらかでしかない。

きちんと服を着ようとは思わなかった。裸の自分を求めて、彼はここへ来たのだから。

ソフィーはドアを開けた。

ヴァンが黙って見つめてくる。この瞬間を迎える準備をまったくしていなかったことにソフィーはあらためて気づかされた。バスローブの下には何もつけていない。湿った髪は肩のまわりに奔放に広がっている。シャワーの熱さのせいで顔が火照っている。もちろんノーメイクだ。

来訪の目的を問うまでもなかった。こちらの意思はドアを開けたことで示した。ソフィーは無言で一歩下がり、彼を通した。

ヴァンが部屋へ入り、面と向き合った。「さっきはすまなかった」

「いえ、お互いさまです。わたしだって拒まなかったわけだし」

「だから、ここへ来た。きみが望んでいるような気がして。もちろんぼくは望んでいる。もしもぼくの勘違いなら、あるいはきみの気が変わったのなら、そう言ってくれてかまわない」

ソフィーは口を利けなかった。言葉が形になってくれなかった。

「何か言ってくれ」ヴァンは食い下がった。「頼む。ぼくたちは今、どこに立っているのか教えてくれ」

ソフィーは唇を舐《な》めた。「あまりに……急で。見知らぬ他人同然の人と……そういう関係になるのは……抵抗があります。わたしはあなたのことをほとんど知りません」

ヴァンがぎこちなくため息をついた。「わかった」彼はドアのほうを向いた。「じゃあ、行くよ」

「行かないで！」言葉は勝手に口をついて出た。

ヴァンがこちらへ向き直った。焦がれるような視線と視線がからみ合った。始める方法はいくらでもあった。ソフィーの呼吸が浅く速くなり、二人のあいだの空気が密度を増した。時間の流れが緩やかになった。

ヴァンがゆっくりと近づいてくる。手を伸ばし、人差し指でソフィーの下唇に触れる。それだけでソフィーは弾《はじ》かれた弦のように震えた。彼の手がすっと下りてバスローブのサッシュベルトを引く。ベルトが緩んで前が開き、白い体が細く覗《のぞ》いた。首、胸、お腹、そして翳《かげ》り。

第一手を打ったヴァンは、こちらの動きを待っている。挑発的な台詞《せりふ》を口にするなら今だ。ネクタイをつかんで、ぐいと引き寄せようか。それともバスローブをさっと脱ぎ捨て、さあどうぞと微笑《ほほえ》むか。

ヴァンの指が下りていく。唇から顎、首筋へ。バスローブの合わせ目で彼は手を止め、胸骨の上の引きつれた手術痕をなぞった。それからバスローブに手を差し入れ、狂ったように打つ心臓のあたりをそっと押さえた。

愛撫《あいぶ》がふたたび始まるとソフィーは身を震わせた。五本の指の動きは優しく繊細、それでいてこのうえなく刺激的だった。どこかに指先が触れるたび、ひどく淫らなキスをされているようだった。

臍《へそ》を過ぎ、下のほうへ手が移動していく。しなやかな茂みをひとしきり撫《な》でたあと、手はさらに下りて秘められた襞《ひだ》に達した。ゆっくりと、長い時間をかけて、彼はそこをもてあそんだ。ソフィーの肩に寄りかかるようにして喉もとにキスをする。首筋に温かな息がかかる。そうして熱く湿った場所に指が入ってきた。深く沈められた指にくまなく探索されて、ソフィーはとても正気ではいられなかった。

彼の肩にしがみつき、巧みな愛撫に呼応するかのように腰を動かした。とてつもなく感じてしまう。波はぐんぐん高く大きくなって頂点に達し――ついに砕けた。

痛いほどの快感に貫かれ全身がわなないた。光り輝く奔流がソフィーを押し流し、深い悦《よろこ》びは果てしなく広がって意識を満たした。

ヴァンが首筋に唇を押し当てたまま、満足そうに何かつぶやいている。

心身が天に向かって大きく開かれているようだと、ソフィーは感じた。星と同じ柔らかな光を自分が発しているかのようだった。

ソフィーはバスローブを肩から落とした。これ見よがしでも傲慢でもない動きだった。ただただ、彼に自分を見てほしかった。知ってほしかった。

ヴァンは彼女の髪に顔をうずめた。「ソフィー」そっと囁《ささや》く。「なんてきれいなんだ。完璧だ」

ソフィーは彼にもたれて笑った。「とんでもない。こんな傷跡があるんですもの」

「尊い傷跡だ。これのおかげできみは今ここにいるんだから。苦難を乗り越え、死に打ち勝った証《あかし》じゃないか」

「すごく詩的な表現。こんなにひどい傷跡なのに」

「本心から言っているんだ。きみを前にして言葉遊びをするような余裕はないよ。頭なんて働かない」

「あら、手はあんなに働くのに。まるで魔法の手みたいだった」ソフィーはズボンの前の膨らみに目をやった。「素敵なスーツの下にまだ隠しているものがあるんでしょう？　わたしの秘密はお見せしたわ。次はそちらの番」

ヴァンがにやりと笑うと、鋭角的な頬にセクシーなくぼみができた。彼はジャケットを脱ぐと、手荒にネクタイを解き靴を脱ぎ捨て、シャツの裾をズボンから引きだした。ソフィーはベルトのバックルをはずしにかかった。

ヴァンはポケットからコンドームを引っ張りだしてベッドに放った。ズボン、下着、靴下が瞬く間に脱ぎ捨てられ、椅子にかけられる。

ヴァンの肉体はソフィーの想像を超えていた。背が高くてがっしりしているのはわかっていたし、彼の体から放たれる濃密な男のエネルギーを感じ取ってもいた。けれど彼の裸に自分がここまで興奮させられるとは思っていなかった。上腕や太腿には鋼のような筋肉が盛り上がり、腹はくっきり六つに割れている。その下には黒々としたアンダーヘア。股間にあるものがまた見事だった。硬く猛々しくたくましく、完全な臨戦態勢にある。それをとらえたソフィーは、手のひらに伝わる力強い脈に息をのんだ。そっと手を上下させると、彼の口から喘《あえ》ぎが漏れた。

じきにヴァンはソフィーの手を押さえ、かすれた声で言った。「そこまでだ。あとに取っておきたい。このまま続けると手榴弾《しゅりゅうだん》みたいに炸裂《さくれつ》しそうだ」

「たまらないわ」

「たまらないのはこっちだよ。だが、まだ早いな。手始めはそれじゃないほうがいい」

「じゃあ、何がお好み？」

ヴァンはソフィーの目を見た。「その質問には裏があるのかな？　そっちがリードしたければ、そう言ってくれてかまわない」

ソフィーは笑った。「そんなに裏がある人間に見える？」

「ぼくは常に主導権を握っていたいとは思わない。基本構想は、身動きできなくなるまできみをへとへとにさせること。それさえ把握しておいてもらえれば、細かいところは気にしないよ」

脈打つ硬いものをソフィーはもう一度きつく握った。「わかったわ。ええ、把握しました」彼が身を震わせるのに満足を覚えながら続ける。「この手でしっかりとね。わたしのほうはとくに構想はありません。そちらの方針に喜んで従いますので、どうぞ進めて」

ヴァンはまたにやりと笑い、ソフィーの体を鏡のほうへ向けた。鏡の中で目を合わせたまま、彼は片方の手を胸へと滑らせた。乳房の下のラインをなぞり、乳首をつまむ。

ソフィーは小さく喘いで彼に寄りかかった。熱を持って尖《とが》った先端を彼の指がゆっくり転がすと、新たな欲望に身もだえした。手が下へ移動しはじめ、腿に力が入る。けれど彼は燃える唇をゆっくりと首筋に這《は》わせるばかりで、なかなか先へ進もうとしない。焦《じ》らされて息も絶え絶えのソフィーのヒップを、ヴァンはつかみ、撫でさすった。

ソフィーは前屈《まえかが》みになり大胆なポーズを取った。「後ろから?」

「いいね。だが、しょっぱなからそれはやめておいたほうがよさそうだ。おそらく二回めも。いろいろなことをして遊ぶのはまだ早い。最初は真面目に……敬虔《けいけん》さをもって臨まなければ」

「真面目なのは好き」

「それはよかった。真面目にやるぞ」ヴァンはベッドカバーを剥ぐとソフィーを仰向けに横たえた。彼女の髪をすくい上げ、枕に広げてそこへ顔をうずめて、言葉にならないうめきを漏らす。

唇が熱い肌をなぞり、胸の傷跡まで来た。

狂ったように脈打つ心臓の真上にキスされ、ソフィーは感動に打ち震えた。ヴァンが触れた場所が次々に光を放ち、とろりと溶けていくようだった。彼の手は魔法の杖《つえ》だ。わたしを変身させる魔法の杖。

けだるげな甘いキスが永遠に続くかと思われた頃、彼の頭が乳房を越え、腹部へと下りはじめた。下へ、さらに下へ。唇で舐め、吸い、鼻をすりつけながら、ヴァンは両腿のあいだに到達した。そうして最も敏感な部分を口に含んだ。

ソフィーはただ震え、喘ぐしかなかった。

10

敬虔《けいけん》さをもって。

それは言葉の綾《あや》などではない。ヴァンにとっての真実だった。呼吸と同じように、自分の意志とは無関係に敬虔な気持ちが湧いてきた。ヴァンの肉体はソフィーのそれを崇拝していた。彼女の美しさに目がくらみ、ひれ伏している部分が、彼の中には確かにあった。ソフィーに触れ、ソフィーに悦《よろこ》びを与える――それは自分に与えられた特権なのだと、厳かな気持ちになるのだった。

ソフィーはなんとも魅惑的だった。彼女の密《ひそ》やかな部分をヴァンは思うさま舌で愛撫《あいぶ》した。想像を絶する興奮を自身も味わいながら、じっくりと時間をかけた。いつまでもこれを続け、ソフィーを焦《じ》らしたいと思った。この時間が長ければ長いほど、やってくる山場は大きく盛り上がるのだ。

やがてソフィーが二度めのオーガズムに達した。わななく体を今度は上へと唇でたどり、ヴァンは彼女に折り重なった。「よかったかい？」

ソフィーはゆるゆるとまぶたを開くと微笑《ほほえ》んだ。「それを訊《き》く？」

「きみに関することは何ひとつあいまいにできない。ぼくにとって重要なことばかりだから」

「よかったわ」ソフィーは囁《ささや》いた。「すごくよかった。だから、あなたの基本構想を進めて。もう待てない……」ソフィーはヴァンがさっき置いたコンドームを取り、パッケージを破った。ゴム製の小さな円をヴァンの手に置いて、胸板にすがりつく。爪が食い込むほどの力で。「お願い」

自制という名の綱渡りを演じながらヴァンは手早くコンドームをつけた。ソフィーは彼を抱き寄せると身じろぎをして、目的のものを望む場所へと導いた。ヴァンはそれをゆっくりと沈めた。まとわりつく熱の中へ、徐々に深く、深く。

大きなうねりにのみ込まれそうになっては歯を食いしばった。すべて解き放ちたい衝動に、息を喘《あえ》がせて抗《あらが》う。当初の計画にヴァンはこだわった。ゆっくり、とにかくゆっくりだ。

しびれを切らしたソフィーが彼の両脚に自分の脚をからませ、全身で促した。爪が背中に食い込む。すすり泣くような喘ぎ声に、今にも果てそうになってしまう……が、かろうじて踏みとどまった。直後、ソフィーが頂に達するのがわかった。

そうしてついにヴァンは放った。その瞬間、すさまじい力が全身を揺るがし、思考力を奪い去った。

しばらくして、頬に口づけされるのを感じた。ソフィーは胸を波打たせて荒い呼吸を繰り返していた。

その呼吸が楽になるよう、ヴァンはソフィーの中に入ったまま彼女から下りた。ソフィーの美しさといったら、この世のものとは思えないほどだった。

まったく不本意ながらヴァンは体を離した。「後始末をしてくる。どこへも行かないで」

「心配はいらないわ」ソフィーがそっと答えた。「動けないんですもの」

ヴァンはするりとベッドを出てバスルームに入り、手早くコンドームを処理してすぐに戻った。ソフィーの隣に身を滑り込ませ、上掛けを引っ張り上げる。少しでも長く触れていたかった。このうえなくしなやかで滑らかな肌に。たおやかなカーブを描く腰に。高く張りつめた乳房に。

ソフィーが身をすり寄せてくる。ピンク色の舌に鎖骨を舐《な》められると、たちまち体が反応した。

「おいしい」ソフィーは囁いた。「塩味が利いていて」

「きみもおいしいよ。とても甘い。ずっと食べつづけていたい」

ふっくらした唇が、またあの誘うような笑みを形づくる。ソフィーは汗で湿った彼の髪に指を差し入れた。探索が始まり、首から肩へと手が移動する。感に堪えないようなつぶやきをソフィーは漏らした。「わたしたち、これから大変ね」

「そうかな？」

「マルコムの顔を見たでしょう？　すごく怒っていたわ。嫌悪感丸出しだった」

「誤解しているんだ」

「どんなふうに？」

ヴァンはソフィーを抱き寄せ、その体に脚を巻きつけた。「ぼくがきみをたぶらかして食いものにしようとしている――マルコムはそう決めつけている。実際はまったくそうじゃないのに」

ソフィーはおかしそうに笑った。「わたしをたぶらかそうとしているのなら、実にやり手だと言わざるを得ないわね」

「冗談は抜きにして……本当に、こんな気持ちになったのは生まれて初めてなんだ」

「わたしも、こんな感覚は初めて」

「どんな感覚？」問いが口をついた。答えを聞く心の準備ができているのかどうか、考えるより先に。

ソフィーは少し思案して、言った。「心身共に満ち足りている。幸せすぎてくすぐったい。限りない喜びが胸にあふれている。それから、そう、深い優しさと配慮を感じるわ。この二日間の仕事中とは大違い」

「上々の滑りだしだ」ヴァンは安堵《あんど》した。

「でも」ソフィーは言った。「先行きは波乱含みよ」

「なんとかなるさ。いずれすべてが笑い話になる」

ソフィーは疑わしげな顔を彼に向けた。「意味がよくわからないけれど。でも、ずいぶん希望に満ちているみたいに聞こえる」

「実際、希望に満ちているんだ」ヴァンは力を込めて言った。「これほど大きな希望を抱いたのは……いつ以来だろう。人生で初かもしれない」

ソフィーは目を見開いた。「ヴァン。少しブレーキを踏んで。わたしたち、お互いをほとんど知らないのよ」

「それは問題にならない。この週末は互いを知る絶好のチャンスだ。一緒にアクセルを踏もう。起きている時間はすべてそれに充てるんだ。ぼくはきみのあらゆる秘密を知りたい。きみのすべてを。きみが何を夢見て何を恐れるのか、どんな人生を歩んできたのか」

ソフィーの体がすっと離れたのでヴァンはうろたえた。彼女は起き上がると、両手で髪を背中側へ払った。「そう」どこか硬い口調だった。「でも、慎重にね」

「どういう意味だ？」

「わたしは結婚式のゲストじゃない」思い出させるようにソフィーは言った。「社員として仕事をしに来ているの。わたしがつきっきりじゃないといけないのはチャン・ウェイであって、あなたではない。わたしがチャン・ウェイの通訳をしているあいだは、わたしの秘密を知るどころじゃないでしょう？　それにマルコムがいるのよ。わたしたちの動向を鵜《う》の目鷹《たか》の目で見てるに決まっている」

「ぼくは気にしないよ」そう口にしてからヴァンは気づいたが、本当に自分はマルコムの思惑など気にしていないのだった。

「わたしは気になるわ。だから急《せ》かさないでほしい」

ソフィーがベッドから下りる後ろ姿をヴァンは堪能した。背中で揺れる豊かな髪。完璧なカーブを描くヒップ。真珠の輝きを放つ肌。形のいい長い脚。

彼女はヴァンがオーダーしたワインを開栓すると、トレイにのった水用グラスの紙蓋を取り去り、ワインを注《つ》ぎ分けた。それを持ってベッドへ戻ってくる。彼の視線をじゅうぶんに意識して、ゆっくりと。

彼にグラスをひとつ渡してソフィーは言った。「一歩ずつ進みましょう。焦ることなく」

「どうして?」ヴァンは納得できずにいた。

「幸運に恵まれたからって、欲張りすぎないほうがいいと思うから」

ヴァンは肩をすくめた。「確かに、今のぼくは人生最大の幸運に恵まれた気分だ」

視線をからませたままソフィーがワインを一口飲んだ。薄暗がりで見る彼女は謎めいた美しさをたたえていた。不意にヴァンは、ティム・ブライスと彼の主張を思い出した。今となっては、ばかばかしいと言うほかなかった。嘘つきやいかさま師のたぐいはこれまで何人も見てきた。中には一見魅力的だったり知的だったりする人間もいたが、ソフィーのような輝きを放つ者はいなかった。彼女を輝かせているのは内に秘めた本物の強さだ。それは間違いようがない。

このソフィーに裏表は存在しない。持てるものすべてを賭けてもいいとヴァンは思った。

「怖くない?」ソフィーが訊いた。「そこまでの幸運に恵まれるなんて」

ヴァンは肩をすくめた。「怖いさ。でも、それがどうした? 勇気を奮い起こすまでだね」

ソフィーがそばへ来て、ベッドサイドのテーブルにグラスを置いた。ベッドに這《は》い上がり、ヴァンの腿の上に片足を投げだす。「わかったわ」穏やかに言う。「勇気を奮い起こしましょう。慎重に……でも勇敢に、ね」ソフィーはヴァンの胸に唇をつけると、上目遣いに彼の目を見ていたずらっぽく笑った。唇が下りていく。

「いったい何を――」

「あなたのことを知ろうとしているの。アクセルを踏みたいんじゃなかった？」

「それはそうだが……いや……しかしきみは、慎重派だったじゃないか」

ソフィーは腿にキスをすると、硬いものを撫《な》ではじめた。「でも、勇気を持つことに決めたでしょう？」

「あ……ああ」彼女がそれを口に含み、ヴァンの声は喉にからまった。

それきり、二人が言葉を発することはなかった。


ソフィーは快感のさざ波に揺られてまどろんでいた。心地よく波に抱かれたままゆっくりと浮上して、少しずつ覚醒し――

気がつくと頂に達して果てていた。体の中のどこかから光が湧いて、無限の空に向かって日の出のように広がった。

悦びの残響が全身を震わせ、まぶたがゆっくりと開いた。下のほうを見たソフィーは驚きに身じろぎしてしまった。ヴァンが脚のあいだにいて、腿の内側に唇と指を這わせている。彼は口もとを拭いながらソフィーに微笑みかけた。

「我慢できなかったんだ」ヴァンは言った。「こんな一日の始め方もいいんじゃないかと思って」

ええ、すごくいい。声が出なかったから、ソフィーは唇の形だけでそう伝えた。

ヴァンが体を起こした。手にはしっかりコンドームが握られている。「やりすぎかな?」

ソフィーはかぶりを振り、腕を広げた。ヴァンが屹立《きつりつ》したものに手早くコンドームを装着すると、両肘を支えにして覆いかぶさってきた。すぐさまソフィーの体は本能的に反応し、背中が反って脚が大きく開いた。ヴァンがゆっくりと入ってくる。

目を見つめ合ったまま、荒い息を吐きながら二人で動いた。上下するたび混じりけのない愉悦が高まっていく。

でも夜明けの光の中だと、昨夜ほどまっすぐ彼の目を見られなかった。これから一日が始まるのだ。何が待ち受けているかわからない一日が。

昨夜のことはひどくエロティックな夢だったような気がする。自分があれほど淫らに肉の快楽を貪っただなんて。それも、何度も繰り返して。

ヴァンに目覚めさせられた情熱は、交わりのたびごとにより深く激しく荒々しいものになっていった。

今も二人は一心不乱に求め……昇りつめ、共に弾《はじ》けた。

ヴァンがごろりと仰向けになった。肩で息をしている。互いの汗ばんだ肌を撫でるばかりで、どちらもじっと動かずにいた。満ち足りた二人に言葉はいらない。ヴァンがソフィーの手を取り、唇を寄せた。

「覚えているでしょうね？　わたしたち、午前中の飛行機に乗らないといけないの」ソフィーは言った。

彼女の指の背にキスしながらヴァンはうなずいた。「時間はたっぷりある」

「時間って、思っているより早く過ぎてしまうのよ。それから、くれぐれも忘れないで。慎重に行動すること」

「わかったよ。きみがそれを望むなら」

「あなたは違うの？　おおっぴらにしたいの？　もう？」

ヴァンは肩をすくめた。「恥ずかしいことをしているわけじゃない」

「もちろん、わたしだって恥ずかしいわけじゃない。でもしばらくは二人のことは秘密にしておきたい。始まったばかりだもの。今はまだ、外の世界から大切に守っておきましょう」

「それもまあ、悪くはないな」

ソフィーは笑った。「だったらほら、そろそろ部屋に戻らないと。廊下で人とすれ違ったら、寝癖のついた頭やキスマークを見られてしまうわよ」

「キスマーク?」ヴァンは目を丸くした。「いいな。どこについている?」

ソフィーは笑い声をたてて枕を投げつけた。「もう。さっさと出てって」

「お払い箱か? 早くも?」ヴァンはしょげてみせた。

「ほんのしばらくのお別れよ」ソフィーは澄まして答えた。「またすぐ会えるわ。荷造りの時間も必要でしょう?」

ヴァンはいかにも無念そうな顔でバスルームへ向かった。しばらくして出てきたときには髪は濡《ぬ》れ、服を身につけていた。「じゃあ、またあとで」

「またあとで」ソフィーも同じ台詞《せりふ》を返した。

ヴァンが出ていきドアが閉まると部屋は静まり返り、耐えがたいほどがらんとして感じられた。

ソフィーはごろりと寝返りを打ち、枕に顔を押し当てた。そうでもしないと、あふれる感情に叫びだしてしまいそうだった。興奮、恐れ、ショック、喜び。

それから、期待。これまで想像もしなかったようなことが現実に起きたのだ。ろくに知らない相手と寝た。そうして情欲の虜《とりこ》になってしまった。持てるものすべてをさらけだし、彼に与えた。

挙句の果てに、こうして期待に胸を膨らませている。次はいつあれを味わえるだろうかと、頭の中をそれだけでいっぱいにしている。

11

ソフィーのポーカーフェイスは見事なものだった。ホテルの喫茶室に現れた彼女は、ドリューやほかのメンバーにもヴァンにも、まったく同じように折り目正しくにこやかに挨拶をした。この調子なら、二人が情熱的な夜を過ごしたことを誰にも勘づかれはしないだろう。ヴァンはそう思った。

ところが、長いつき合いのドリューは別だった。スクランブルエッグとフルーツを取るためソフィーがビュッフェ・テーブル目指して歩きだすと、待ちかねていたように話しかけてきた。

「昨夜はバーでちゃんと待っていたんだぞ。来るって言ってただろう。なのに待てど暮らせど現れない」

「あ、ああ」ヴァンはすっかり忘れていた。「申し訳ない。部屋で仕事を始めたら、終わらなくてね」

「ふうん。メールしたんだがな、何度か」ドリューの口調はさりげなさすぎて逆にわざとらしかった。

「悪い。気づかなかった」

「そっちの部屋まで行ったんだぞ。自分の部屋へ帰る途中に。かなり強くドアをノックした。よっぽどぐっすり眠っていたんだな。そりゃあまあ、忙しい一日だったのは確かだが」

「ヘッドフォンをつけていたから聞こえなかったんだな」歯噛《はが》みしながらヴァンは言った。

「込み入った計算をするときはヘビメタを聞くんだ。そうすると集中できる」

「なるほど」ドリューはちらりとソフィーを見て、またヴァンに目を戻した。「幸運を祈る。込み入った計算、片がつくといいな」

　ヴァンのスマートフォンがメールの着信を知らせた。ポケットから出してみると、昨夜のうちに入っていたドリューからの四通に加えて、今届いたティム・ブライスからのメッセージがあった。

〝SVのこと、何かわかったかい？〟

　ヴァンは顔をこわばらせた。ティムはソフィーがサイバー泥棒だと決めつけている。腹立たしい。まるで自分が責められているかのようだ。

〝何も〟と、返事を打つ。〝彼女はシロだ。百パーセント間違いない〟

すぐさま返事が返ってきた。それだけティムは苛立《いらだ》っているのだ。

〝真剣に探っていないな？〟

こちらもただちに返信する。〝マルコムに言われて彼女も結婚式に参列することになった。チャンの通訳として。とりあえずこの件は棚上げしよう。いずれにしろお門違いだ。ほかを当たってくれ〟

〝お門違いなものか。ＳＶがＰポイントに来るのは好都合だ。一気に決着をつけよう。現地でぼくがミーティングを招集する。メンバーはマルコム、ヘンドリック、ドリュー、ＳＶ。彼女には何も言うな〟

〝結婚式だぞ。時と場合を考えろ〟

ティムからの返事はない。くそっ。

「ヴァン？」

ソフィーの声にヴァンは顔を上げ、メールを閉じた。「うん？」

「みんな車で待ってるわ。出発の時間よ」

「すぐ行く」ヴァンはスマートフォンをポケットに滑り込ませると、ソフィーのあとを追った。

ロビーにはシルヴィアがいた。相変わらず苦りきった表情だ。「ああ、やっと来た！　皆さんお待ちかねですよ。荷物はもう積み込んでありますからね。ミスター・マドックスがまたやきもきしてらっしゃいます」

知ったことじゃないと言いたかったが、もちろん口にはしなかった。「ありがとう、シルヴィア。いつもすまないね」

「まったく、世話が焼けること」シルヴィアはぴしゃりと言った。

リムジンの席はひとつしか空いていなかった。ソフィーの隣だ。甘い香りが刺激的すぎる。ドリューが前列に座り、ヘンドリック、老チャンと若きチャン、マルコムは、もう一台のリムジンに乗り込んでいる。

「向こうに着いたら通訳が必要でしょうか？」ソフィーがドリューに訊《き》いた。

「孫がいるから大丈夫だろう。この二日間みたいなことにはならないよ。リラックスして楽しむといい」

ソフィーは今ひとつすっきりしないといった顔をしている。「あの、それなら、そもそもわたしが行く必要はないのでは？」

「大ありだね」ドリューは言った。「何があるかわからないから、控えの通訳にいてもらわないと困るよ。今さらきみが行かないなんて言いだしたら、伯父はかんかんになるだろうな。それに、ヴァンの同伴者になってくれればこちらとしても助かる。こいつは女性を同伴するのをいつも拒否するものだから、席順を決めるほうは大変なんだ」

ソフィーはからかうような目でちらりとヴァンを見やり、膝をそっと叩《たた》いた。たったそれだけの触れ合いでもヴァンの脈は速くなり、顔が火照った。

このソフィーに言いがかりをつけるなど、ティムはどうかしている。絶対に間違っている。彼女ほど誠実で率直な人間はいないのに。彼女の真の姿を、知るべき人々には知ってもらわなければ。この自分が知らしめなければ。ヴァンは強くそう思った。

しかしいっときであれ、あらぬ疑いをかけられていたと知ったらソフィーはどんな気持ちになるだろう。想像すると背筋が凍る思いだ。きっと彼女は、すさまじい屈辱感と不信感に苛《さいな》まれるに違いない。

できることなら、そんな目に遭わせたくない。この自分さえ気をつけていれば、ソフィーは何も知らないままでいられるかもしれない。

一行を乗せたリムジン二台が、シアトル・タコマ空港からパラダイス・ポイントへ向けて出発した。

ソフィーは車中で考え込んでいた。結婚式には何を着ればいいだろうか。もっと選択肢があればよかったけれど、持ってきているカクテルドレスは二着で、どちらも完璧とは言いがたい。でも、妥協するしかない。ローズ色のほうにしようか。柔らかなシルクシフォンで、揃《そろ》いのストールもついているし。

　そのときスマートフォンが震えた。チェックすると、ティム・ブライスからメールが入っていた。

〝きみもパラダイス・ポイントへ行くそうだね。急だけど、リハーサルディナーの前にミーティングを持ちたいのでよろしく。ティム〟

　ソフィーは小声でヴァンに言った。「向こうへ着いてからもゆっくりしている暇はないみたい。ティムからのメールだけど、五時頃にミーティングですって。そんなに急がないといけない案件って何かしら」

「ぼくは失礼させてもらうよ」聞きつけたドリューが言った。「何日もジェンナに会えていないんだ。パラダイス・ポイントに着いたあとは、ハネムーンから戻るまでぼくはいないものと思ってくれ」

「わかったよ」ヴァンが言った。「ぼくら下々の者が働けばいいんだろ」

「申し訳ない、とでも言わせたいか」ドリューは後ろを振り向いてにやりとした。「おあいにくさま。ぼくは舞い上がっているんだ。ほかのやつらなんて眼中にない」

車が長い私道に入った。あたり一面、春の野の花が咲き乱れる様は壮観だった。夕暮れどきの柔らかな日差しが花々をステンドグラスのように輝かせ、上空に浮かぶ雲の縁をきらめかせている。

フロントのあるレセプションホールは全面がガラス張りだった。屋根は、大きな三角形の木材を繋《つな》ぎ合わせたような形をしている。ガラスの壁の一画がテラスに面しており、その先に庭と海が広がっている。

マルコムが一同に向かって言った。「ティム・ブライスがミーティングを開くと言っている。いったいなんのためなのかわからんがな。ホテルの厚意で南西の会議室を使わせてもらえることになったようだ。リハーサルディナーが始まるまで二時間もない。さっさとすませてしまおう」

会議室ではティム・ブライスが待っていた。先頭のマルコムが入っていくと、彼は慌てて立ち上がった。

「このたびはおめでとうございます」ティムは言った。「チャン・ウェイとの話し合いは上首尾に終わったそうですね」

「それはいいとして」マルコムはそっけなく答えた。「週明けまで待てないとは、いったいどんな話だ？」

「ええ、その、急遽《きゅうきょ》ミスター・チャンがこちらへいらっしゃることになったと聞いて、思いついたんです。ドリューたちがヨハネスブルク・プロジェクトのために開発した最新のエコロジカル・テクノロジー、あれをミスター・チャンに披露する絶好の機会ではないかと」ティムは力説した。「今度のチャン・ウェイ・グループのプロジェクトに応用可能な部分も多々ありますし。新しいセキュリティ・システムが確立するまでは部外秘ということでしたが、相手がミスター・チャンならば少々のリスクを冒してでも、それに見合うだけのメリットはあるかと思いまして」テーブル上のパソコンを指し示す。「ここにデータはすべて入っています」

「それならばリハーサルディナーが終わってからでもよかっただろう」

「早く決めたほうが、スケジュールの調整がしやすい――」

「ご苦労だった、ティム」マルコムはパソコンを取り上げた。「これはわたしが預かろう。そのほうが安全だ」彼はソフィーを見た。「その披露とやらをする時間をいつひねりだせるかわからんが、そのときには通訳を頼む」

「承知しました」

「よろしい。シルヴィアがきみの電話番号を把握している。必要なときには彼女から連絡が行くだろう」マルコムはぱちんと手を打ち合わせた。「以上！　これで終わりだ。それとも、まだ何かあるか？」

「本題は確かにそれでしたが、もうひとつ――」

「よし。では、おのおのリハーサルディナーの支度に取りかかるように」マルコムは横目でソフィーを一瞥《いちべつ》した。「きみもだぞ」

「わたしも？」ソフィーは驚いた。「なぜでしょう？　通訳としてですか？　ミスター・チャンも出席なさるんですか？」

「いいや。あの御仁には部屋でゆっくりしてもらう。通訳の必要はない」

「わたしは新郎のことをほとんど知りませんし、花嫁にいたっては会ったこともありませんが」

「ヴァンの連れとしてだ。とにかく、出るんだ」マルコムは苛立ちはじめていた。「遅刻は禁物だぞ」そう言い置くと、パソコンを小脇に抱えて歩み去った。

ソフィーはヴァンのほうを向いた。「これって、おかしくありません？　リハーサルディナーは内輪の会食。ごく親しい友人や親族だけが集まるんですよね。結婚式に参列するだけでも緊張するのに」

「マルコムに反論しても無駄だよ。ろくなことにならない」ヴァンはそうアドバイスした。

「まわりはきみの知らない人ばかりかもしれないが、心配はいらない。みんな優しいし、マルコムの性格もわかっている。きみと気の合いそうな人間ばかりだよ」

「急いで支度しないと」

「八時半にエントランスで落ち合おう」

ソフィーは少しほっとして微笑《ほほえ》み、歩きだした。フロントスタッフから渡された案内図を見ながら敷地内を進む。ソフィーに割り当てられたキャビンはナンバー82、ヤナギランという名前がついていた。木が枝を広げたようにメイン棟からいくつもの木道が伸び、それぞれをたどっていった先にキャビンが数棟ずつ固まっているのだった。

それは実に気持ちのいい遊歩道だった。さりげなく配された自然石を縫っていく木道。その下に生い茂るシダ類。踏み板の上にまで伸びた蔓《つる》や草木。色鮮やかな花がいたるところに咲いている。香《かぐわ》しいマツやモミ、枝の曲がりくねったマドローネなど、大きな木々がふんだんに陰をこしらえていた。夕陽《ゆうひ》が雲を金の光で縁取っている。寄せては返す波の音がとても近い。

ここだ。ヤナギラン・キャビン。そのドアを開けるなり、ソフィーはぎょっとして後ずさった。

誰かが中にいた。

その女性はきゃっと叫び、何か床に落とした。「ああ、びっくりした！　心臓が止まるかと思った！」

ソフィーは手もとのカードを確かめた。キャビンの番号が記されている。「失礼しました。でも、ここは82のキャビンですよね？　わたし、間違えました？　ここ、ヤナギランじゃなかったのかしら？」

「いいえいいえ、合ってますよ」ピンク色の頬をした若い女性だった。ブロンドのポニーテールが高い位置で揺れている。「わたしはここのスタッフです」

相手が着ているえび茶色のジャケットと黒いパンツを、ソフィーはあらためて見た。豊満な胸にネームタグがついている。「ああ、そうだったのね。驚かせてしまってごめんなさい」

「いえ、いいんです。わたしのほうも驚かせましたよね。お荷物を運び入れたところだったんです」

ベッドの上に自分の衣類が広げられていることに、ソフィーは今さらながら気づいた。

「どうしてそこに服が並んでいるのかしら？」

「ああ、申し訳ありません」彼女はきまり悪そうに照れ笑いをした。「ガーメントバッグがカートから滑り落ちてしまって。昨夜は雨だったものですから、地面がぬかるんでいて、バッグがびしょびしょになってしまったんです。泥水が中まで染み込んだらお洋服まで汚れちゃうじゃないですか。だから悪いとは思ったんですけど、もしわたしだったら、ドレスを着ようとしてひどい状態だってわかってショックを受けるよりは、どんな方法がとられても無事だったほうがいいなと」

「なるほど」ソフィーはキャビンへ入っていった。スタッフのネームタグには〝ジュリー〟とあった。床に広げられたままのガーメントバッグを触ってみると、確かにびしょ濡《ぬ》れだった。

「泥はタオルで拭いたんですけどね」ジュリーが言った。「バッグを落とすなんて本当にすみませんでした。勝手にお洋服を出したこともお詫《わ》びします」

「いいの、気にしないで。できるだけのことをやろうとしてくれたんですものね。服は汚れていた？」

「いいえ、それは全然！」ジュリーは歯を見せて笑った。「全部、無事です！　クローゼットにおかけしましょうか？」

「ありがとう、でも大丈夫。ここからは自分でやるから。ご苦労さま」

「はい。じゃあ、失礼します！」ジュリーは腰をかがめてスマートフォンを拾い上げると、パンツのポケットにしまった。「さっきドアが開いたとき、びっくりして落としちゃいました」

立ち去る彼女をソフィーは見送ったが、なんとなくすっきりしなかった。見知らぬ他人に私物を触られるのは気分のいいものではない。けれど、もし自分がジュリーの立場だったら、同じことをしたかもしれない。プライバシーの侵害だとわかっていても、そうするしかないのなら。

ガーメントバッグを乾かすためにラゲージラックの上に広げてから、衣類をクローゼットにかけていった。三日前には、こんなに持っていく必要があるだろうかと思いながら荷造りをしたのだったが、今となっては選択肢の乏しさが恨めしい。

手早くシャワーを浴びてから髪を下ろした。きつく編んであったために、ほどいてもカールが残ってうまい具合に動きが出て、それなりに様になっている。ブロンズ色のニットに白いシルクのセミフレアスカートという格好は昨日と同じだ。ドリューもマルコムもヴァンもこれを見ている。でも結婚式に目新しい服を着るためには、今夜これを着回すしかなかった。

メイクを直して軽く香水をつけ、パンプスを履いたら準備は整った。マルコムにあれだけ強く言われれば、従うしかない。

長らく存在を知らなかったいとこの結婚を、精いっぱい祝おう。

12

ヴァンはダイニングルームの入り口近くにたたずみ、外の遊歩道に目を向けていた。ソフィーにしてみれば今夜の会食は完全アウェイだ。知らない人間ばかりの中へたった一人で入っていかせるのは、あまりにもかわいそうだった。

通りかかったティム・ブライスが、ヴァンに気づいて近寄ってきた。

今度は何を言いだすつもりだ？

ティムは無難な距離を置いたところで立ち止まった。「もっとしっかりしたほうが身のためだと思うよ」

「それはいったいどういう意味だ？」

ティムは薄笑いを浮かべた。「わかってるくせに」

ヴァンは知らず知らず拳を握りしめていた。意識して力を抜く。「あの疑惑なら的はずれだ。あなたがここで何をしようとしているのか知らないが、時間と労力の無駄でしかない。彼女はシロだと何度も言ってるだろう。結婚式だぞ。祝いの場を台なしにするのはやめてもらいたい」

「めっそうもない。ドリューの結婚式を壊そうなんて思っちゃいないよ」ティムはうそぶいた。「こっそり、うまくやるさ。細工は流々、仕上げをご覧《ろう》じろ、ってね」彼は意味ありげな表情でヴァンをじろりと見た。「きみが彼女によけいなことを吹き込んだりしなければ、きっとうまくいく」

髪の毛が逆立つほどの怒りが湧いた。「奥歯にものが挟まったような言い方だな」

ティムは肩をすくめた。「だって、おかしいじゃないか。きみはやけに彼女をかばおうとする。最初からそうだった。よっぽど犯人が彼女であってほしくないんだな。その理由は、ちょっと考えれば誰にだってわかる。そういうわけだから、きみの判断はあてにならないのさ」

「かばってなどいない。彼女は潔白だ。かばう必要がどこにある」食いしばった歯のあいだから言葉を絞りだした。

「まあ、いい。とにかく、こっちの動きを知られないよう、くれぐれも気をつけてくれよ。なぜって、犯人は彼女だからさ。真実はじきに明るみに出る。そのときにきみまで巻き込まれてもかまわないのか？」

力を込めた顎が痛い。「何を企《たくら》んでいるのか知らないが、その餌に彼女は食いつかないぞ」

「シーッ」ティムの視線が動いた。ヴァンの背後の誰かを見ている。

「こんばんは」近づいてくるのはソフィーの声だった。

ヴァンは後ろを向いた。その瞬間、みぞおちを殴られた気がした。ゴールドの輝きを帯びた肌。華麗にうねる艶やかな髪。限りなく深く澄んだ瞳。昨日と同じ服装だが、今夜はいっそう美しさが際立って見える。にっこり微笑《ほほえ》む唇は、ほのかにラメの入った口紅で彩られている。女神のようだとヴァンは思った。

目をそらしたティムの表情が、視界の隅に入った。腹に一物ある者の薄ら笑いだ。くそったれめ。

「ティム、あなたもリハーサルディナーに出席するの？」

「いや、ぼくは出ないよ」ティムが答える。「息子のリチャードを待ってるんだ。ＬＡから車で来るんだが、そろそろ着く頃かと思ってね。今夜は久々に親子水入らずでディナーだよ」

「そうだったの。じゃあ、息子さんはドリューの知り合い？」

「高校で一緒だった。リチャードはハリウッドの映画スタジオでＣＧクリエーターをやってるんだ」

「すごいじゃない。明日お会いするのが楽しみだわ」

ティムはヴァンに向かって念を押すような目配せをした。「それじゃヴァン、また明日だな。さっきの話、忘れないでくれよ。くれぐれも」それからソフィーに目礼すると、彼はすたすたと歩み去った。

見送るソフィーは訝《いぶか》しげな顔をしていた。「さっきの話って?」

ヴァンはかぶりを振った。「なんでもない。経理のことで、ちょっとね。行こうか」それだけ言うと腕を差しだした。

その腕を取ってソフィーはにっこりした。「お待たせしました」

同じテーブルにつく人たちに、ヴァンが彼女を紹介して回った。ヘンドリックの妻のベヴ、花嫁のジェンナ、ドリューの妹エヴァ、花嫁介添人を務めるチェリスといった面々だった。

ソフィーの席の両隣はヴァンとチェリスだった。紫と深紅に染め分けられた前髪を、両目のあいだに長く垂らしているのが今日のチェリスのこだわりらしい。点滅するライトで華やかにデコレーションされた義手を、彼女は自由自在に操っている。その義手を作ったのはジェンナの会社、アームズ・リーチで、今やチェリスは、ジェンナの最も親しい友人の一人なのだった。ほかにも何人か、ヴァンが会ったことのあるジェンナの関係者が列席している。

「やるじゃん、ヴァン。彼女、すごいセクシー」チェリスがヴァンに囁《ささや》きながら、好意的な視線をちらりとソフィーに送った。「ほら、飲もう飲もう」

最先端義手の性能を遺憾なく発揮して、チェリスがみんなのグラスにシャンパンを注《つ》ぐ。ソフィーは感激したようにそれを見つめていた。

チェリスの進化に乾杯するあいだも、テーブルを囲む女性陣はヴァンとソフィーに興味津々といった様子だった。ジェンナはドリューから何か聞かされているのだろう。そこからさらに、どこへどんな話が伝わっているのやら。

チェリスの相手をするのに忙しいソフィーが、そうした視線に気づいていないらしいのは幸いだった。

感動的なスピーチの数々。乾杯に次ぐ乾杯。おいしい料理に上等のワイン。華やかなざわめきが広がる中、お開きが近づく頃のソフィーはすっかりその場になじんでいた。旧知の友といるかのように朗らかにしゃべり、笑っている。そんなソフィーをヴァンが見るのは初めてだった。きりりとした仕事モードの彼女か、二人きりでいるときの彼女、どちらかしか知らなかった。

何時間でもソフィーを眺めていられそうだが、そんなことをしていては周囲に気づかれてしまう。いや、すでに気づかれているのか。

最初からこの集まりの一員だったかのようなソフィー。こちらも一緒になって心から楽しめたらどんなによかっただろう。ティムの企みのせいで神経がこんなにも張りつめていなければ。

世にも美しい場所で愛する人々に囲まれ、隣には最高にセクシーで魅力的な女性が座っている。完璧に幸せな状況のはずだ。

それなのに、この新しい恋人のことを嘘つき、泥棒、スパイ呼ばわりし、それを証明してみせると息巻いているやつがいる。疑われているから気をつけたほうがいいなどと彼女に警告したところで、事態は悪くなるだけだ。

どうにも納得できない、こんなはずではなかったという感覚を、ヴァンはどうしても拭えずにいた。

ソフィーは、自分でも驚くほどこの集まりを楽しんでいた。エヴァとドリューのマドックスきょうだいとは初めて間近に接したけれど、二人のことを大好きになった。エヴァとジェンナはソフィーを輪に引き入れようと一生懸命心を砕いてくれて、その気遣いがとても嬉《うれ》しかった。

心温かく、懐の深そうな人ばかりだ。誰もがこの場のみんなのことを大事に思っているのが伝わってくる。いとこたちとはソフィーが思っていた以上に共通点があった。まず、彼らも親を亡くしていた。十代の頃に飛行機事故で。以来、マルコムが親代わりだったという。ぶっきらぼうで不器用な後見人ぶりだったに違いないけれど、こうして二人とも立派な大人に育っている。自分もここに加われたらどんなに幸せだろう――そう思わせてくれるマドックス家の人々だった。

もしもこちらが素性を明かしたら、すべて変わってしまうだろうか。彼らは一致団結してわたしを拒むだろうか。だとすればあまりにつらいけれど、結婚式を前に誰の顔も微笑みで輝いている今、そんな事態を想像するのは難しい。

でも、どういうわけかヴァンだけは笑っていなかった。いつになく無口で、表情も暗い。

やがて食事が終わって人々が椅子を引きはじめると、ドリューが立ち上がった。

「えー、皆さまにご案内いたします」わざと大仰な言い回しで彼は話しはじめた。「今宵《こよい》はジェンナとぼくとで、皆さまのためすばらしい天候をご用意させていただきました。月はほぼ満月、降水確率ゼロパーセント、風は穏やか。浜辺の散歩にもってこいの夜となっております。ぼくたちはお先に。よろしければご一緒にどうぞ」

ジェンナが立ち、新郎新婦は短く濃厚なキスを交わした。それから一同に手を振ると、彼らは互いの腰を抱いてダイニングルームからテラスへと出ていった。

ソフィーがヴァンを見ると、彼はやはり苦い顔をしていた。「大丈夫？」

「もちろんさ。どうして？」

「本当のことを言って。今夜のあなたは変よ。黙り込んでいるし、なんだかピリピリしてる」

ヴァンはグラスに残ったワインを飲み干した。「疲れているのかな」その口調もそっけない。

「そう」ソフィーは立ち上がった。「じゃあ、早く休んで。また明日ね」

テーブルから離れかけたソフィーの手をヴァンがつかむ。「待って。どこへ行くんだ？」

「ビーチよ。太平洋のこちら側のビーチって、歩いたことがないから」

「一人じゃ危険だ」

「大丈夫。みんな行くみたいよ。マルコム以外はね。だから心配しないで。おやすみなさい」

「だめだ。ぼくも行く」

ソフィーは呆《あき》れたように目玉をくるりと回した。「そんなに言うなら、どうぞお好きなように」

テラスから続く遊歩道をたどると、海食崖を見渡せる展望台に出た。崖に沿って階段が取りつけられていて、ビーチへ下りられるようになっている。濡《ぬ》れた砂浜のきらめきがどこまでも広がっていた。寄せる波が白く泡立ち、そこここに突きでた黒い火山岩にぶつかっては砕ける。ほぼまん丸な月の光を照り返して、海面は神々しいほどに輝いていた。

ヴァンがソフィーを階段の下り口へ導いた。「この木の棚に靴を置いておける」

それはありがたい。ソフィーはパンプスを脱いだ。ヴァンも靴を脱ぎ、砂でざらつくジグザグ状の階段を二人で下りた。

ひんやりとした砂を踏みしめながら、波打ち際までぶらぶら歩く。波に足を洗われた瞬間、その冷たさにソフィーは息をのみ、それから笑い声をたてた。ヴァンが立ち止まってズボンの裾を折り上げる。

砂から突きでた石にソフィーがつまずくと、ヴァンが腕をつかんで支えた。彼はその手をずらしてソフィーの手をぎゅっと握った。冷たい海水のおかげで、足の指の痛みはすみやかに消え去った。

ヴァンの手に触れたことで情熱的な夜の記憶がよみがえり、ソフィーの中に新たな欲望の火だねが生まれた。

だから、手を離した。「だめ」

「どうして？」

「わかっているでしょう。この話はしたじゃない。あなたの親友が結婚式を挙げる。彼の伯父さんはあなたの上司。危険な橋を渡るのは今はやめにして、最優先事項に集中しなければ。それはつまりドリューの結婚式よ」

「手を取り合って月明かりの砂浜を散歩するのが、どうして危険な橋を渡ることになるんだ？」

ソフィーは彼から一歩離れた。「状況によるわ。あと、観衆の数にも」

二人で周囲を見まわした。ソフィーが言っていたように、かなりの人数がドリューたちの提案に乗ったようだった。当の新婚カップルはもう少し先にいて、熱烈なキスを交わしている。人の目などまるで気にしていない。

まったく幸運な二人だ。

「どうすればぼくたちがビーチで手を繋《つな》げるようになる？」ヴァンの口調はほとんど怒っているかのようだった。

ソフィーは顎を上げた。「道のりは遠いわ。簡単じゃないのよ。一度セックスしたからって、なりゆきでそうなるというものじゃないの。そもそも、あれは間違いだったのかもしれない」

「そんなことはない。断じて間違いなんかじゃない。あれほど間違いからほど遠いものを、ぼくはほかに知らない」

「そう言ってもらえるのは嬉しいけれど。でも、今のわたしたちはまだビーチで堂々と手を繋ぐことはできない。そこまでの関係になるには、お互い大きな選択を迫られる局面があるはずよ。選択して、結論を出して、覚悟を決めないとならない。それまでは、だめ。わたしを……困らせないで」

「困らせるつもりなんてなかった」

「なら、いいの」ソフィーはくるりと背を向けると歩きだした。

ヴァンはしばらく後ろからついてきていたが、やがて追いつくとふたたび並んで歩きはじめた。そのうちソフィーは気まずい沈黙に耐えきれなくなり、和解のしるしとして口火を切った。

「あなたのお友だち、いい人ばかりね。とても楽しかった」

「うん。その点は恵まれていると思っている。ドリューとザックはぼくにとって兄弟みたいなものだ。ぼくは一人っ子だが、兄弟がいたらこんなふうだろうなといつも想像しているよ」

「わたしにもそういう友だちがいるけれど、今はみんな離れ離れ。世界中に散らばっているの。一人はシンガポール、一人は香港、別の一人はシドニーの人と結婚して向こうに住んでいて、ヨーロッパにも何人か。一堂に会するのはとうてい無理だし、別々にだって実際に会うのは簡単じゃない。電話かスカイプで話すのが精いっぱい」

「それは寂しいね」

ソフィーは答えなかった。ちゃんと声を出せる自信がなかった。喉が熱くて、息もしにくい。寂しいと認めるのは、このつかの間の関係に甘えることだ。ヴァンに同情はされたくなかった。

彼に背を向け、海を眺めた。月が投げる光の帯と、寄せる波。いつの間にか浜の端近くまで来ていた。あたりは岩がちで、あちらこちらに潮だまりがあった。二人とも無言で向きを変えると、来た道を戻りはじめた。今度はどちらも黙ったままだったが、ソフィーは隣の大きな体の存在感を強く意識していた。泡立つ海水がつま先やくるぶしを撫《な》で、潮風がスカートを翻し、髪を旗のようにたなびかせる。

ヴァンの魔法がまた効きはじめていた。解き放たれたいと常に願っているソフィーの一部が、果てしない自然の美しさに抱かれるうちに目を覚ましたかのようだった。その一部とはつまり、ヴァンを求める部分だった。パワーあふれるヴァン、疲れを知らないヴァン、途方もない快楽を与えてくれるヴァン。

海風にさらされた靴はどことなくべたついているうえ、足は砂まみれだったから、裸足《はだし》のまま遊歩道をたどって帰った。

ヴァンはキャビンの戸口までソフィーを送ってくれた。「ちょっと待った」カードキーを出そうとすると、彼はそう言った。

「え？」

「ほら。ここで足を洗うんだ」敷石のそばに小さなすのこが置いてある。ヴァンはそこに上がると足もとのホースを手に取った。

彼はまず自分の足を洗ってから、ソフィーを手招きした。

ソフィーがすのこにのると、足にホースが向けられる。

これもまた、こちらをその気にさせる手口だろうか。冷たい水がなんとも気持ちよかった。こびりついた砂をヴァンの手が拭っていく。優しく愛撫《あいぶ》するかのように。

ソフィーは動揺し、しゃべれなくなった。ぎくしゃくした手つきでカードキーを取りだし、明かりをつける中のスイッチを見つけるのにもあたふたする。ヴァンは静かにドアの外で待っている。

そちらを振り向き、手招きした。「早く入って。そんなところに突っ立っているのを人に見られたら怪しまれるわ」

ヴァンはキャビンに足を踏み入れドアを閉めたが、部屋まで入ってこようとはしなかった。「まだ怒っているんだね」

「ええ」ソフィーは答えた。「だって、あなたがずっと不機嫌なんですもの。理由は教えてくれないし」

「このまま引き上げようか？」

「いいえ。あなたが何をそんなに悩んでいるのか知りたい。そうすれば解決策も思いつくかもしれないから」

「ぼくが悩んでいる？」ヴァンの声には警戒の色が滲《にじ》んでいた。

ソフィーは彼に向けて手を振ってみせた。「今夜のあなたは変よ。暗い顔をして神経を尖《とが》らせている。昨夜とは別人みたい。何があったの？」

ヴァンは首を振った。「何もないよ。きみにいやな思いをさせたのなら謝る」

続きを待ったが、彼は押し黙った。ソフィーは苛立《いらだ》ち、かぶりを振った。「教えてくれないのね」

「教えるも何も、悩みなんてないんだ。すまない。ほかにどんなことを言えばいいのかわからないよ」

ソフィーはヴァンの顔に目を凝らしたが、本心は読み取れなかった。「わたしがあなたの気に障るようなことを言ったりしたり、した？」

「そんなわけないだろう。きみは完璧だ」

ソフィーは息を吐いた。「完璧なわけはないけれど、だったらなんなの？」

ヴァンは回れ右をした。「やはり失礼したほうがよさそうだ」

「だめ」ソフィーは強く言った。「入ってと言ったのはわたしよ。いてほしい。だけど、朝が来るまでには帰って。明るくなってあなたがここから出ていくのを誰かに見られたら、面倒なことになるでしょう？　それでなくてもわたしは弱い立場なんだから」

ヴァンは靴を床に置いた。「仰せのとおりに」

ソフィーは険しく目をすがめた。「ふざけてるの？」

「まさか」

ソフィーは両手を腰に当てた。「ともあれ、何点か最初に確認しておきたいことがあります。昨夜はお互い、あまりにも冷静さを欠いていたから、安全なセックスについてまったく話し合わなかった。今日はコンドームは持っている？」

「ひとつだけ。買い足すチャンスがなかったんだ。この一個を大事に使うよ」

「それがいいわ。ただ、ちょうどいい機会だから言っておくけれど、わたし、最後につき合った人とかなり前に別れたの。そしてそのあと、血液検査を受けたわ。病気はなし。いちおう、お知らせしておきます」

「そっちが言いだしてくれてよかった。ぼくも病気は持っていない。常にコンドームを使い、定期的に検査を受ける。最後にそういう関係を持ったあとも、きちんと調べた」

ソフィーは唇を噛《か》み、考えた。頭の中で、リスクと快楽を秤《はかり》にかける。ヴァンは嘘つきではなさそうだ。絶対に違う。機嫌がいいのか悪いのかわからないところはある。謎めいてもいる。でも、嘘をつく人じゃない。

「それなら、コンドームはなしにする?」ためらいつつソフィーは言った。「避妊インプラントを使っていて、あと一年ぐらいは大丈夫だから」

ヴァンの喉がごくりと鳴った。「ええと……」彼はつぶやいた。「そいつは……すごい。嬉しいよ。そこまで信じてもらえるとは」

「わたしだって初めてよ。ほかの人とのときは、危険を冒す気にとうていなれなかった。でもなぜか今夜は大丈夫だと思えるの」

「ありがとう」

照れと戸惑いがないまぜになったようなまなざしで、二人はしばし見つめ合った。

簡単ではなかったものの、ソフィーはことさらさばさばした口ぶりで言った。「さてと。

昨日の冒険のスタートはわたしが裸であなたは服を着たままだったから、今日は交替しましょう。あなたが先よ。さあ、脱いで。あなたの全部を見せて」

ヴァンは唇をぴくりとさせたが、すぐに着ているものを脱ぎにかかった。シャツ、ベルト、ズボン。瞬く間に生まれたままの姿となって、まっすぐに立つ。準備万端整っているのは一目瞭然だった。

彼は手を伸ばすと、シルクのジャケットをソフィーの肩から落とした。「きみの番だ」ぴったりしたニットを時間をかけて脱がせる。乳房を包むハーフカップブラが露《あらわ》になると、レースの縁を親指でなぞった。その指が、レースの下で固く尖る乳首をかすめる。それからヴァンは、両手をソフィーの腰に沿って滑らせながら床に膝をついた。

腹部に顔を押し当てられると、スカートの薄い生地越しに息の温かさを感じた。大きな熱い両手が、スカートの裾をくぐってゆっくりと這《は》い上がってくる。ショーツに手がかかり、下ろされる。

落ちたショーツからソフィーが足を抜くと、ヴァンはスカートの前を押し上げて顔をうずめた。唇をつけ、舌でなぞり、ソフィーを開かせてゆく。

鏡にとびきり淫らな光景が映っている。スカートとブラジャーだけをつけた自分。裸でひざまずくヴァン。わたしはスカートをお腹までたくし上げられて喘《あえ》いでいる。ヴァンの後ろ姿は息が止まりそうなほどエロティックだ。

ソフィーは彼の肩にしがみついた。最も敏感な突起を舌で優しく転がされ、つつかれて、もう立っていられなくなりそうだった。信じられないほどの快感に声が漏れる。思わず彼の頭をつかんだ瞬間、体がふわりと浮き——ソフィーは頂に達した。

すぐさまヴァンが立ち上がって支えてくれる。いつどうやって残りの衣類を剥ぎ取られたのか覚えていないが、体を抱え上げられたのはわかった。ひんやりしたシーツが背中に当たり、燃えるように熱いヴァンの体が下りてきた。

「待って」

ヴァンはぴたりと動きを止め、目を細くした。「どうした?」

「ここに寝てほしいの。あなたを見たい」

ヴァンは枕に頭をのせて仰向けになった。ゆったりと横たわる見事な男の肉体を、ソフィーは存分に見た。そそり立つものをヴァンが手で握り、ゆっくりとしごきはじめる。微笑を浮かべ、目に濃密な欲望をたたえて、ソフィーを誘う。ほら、これが欲しいのか、欲しいなら奪いに来い、と挑発する。

自信たっぷりな態度は刺激的だった。傲慢さは少しも感じさせない。ただ彼は自負しているのだ——ソフィーを悦《よろこ》ばせる術《すべ》を、自分は本能的に知っていると。

ソフィーはかつてないほど激しく欲情した。

ヴァンの体に這いのぼり、またがって、望みのものを望みの場所にあてがった。ゆっくりと腰を沈め……くねらせ、上下させる。苦しいような甘いような快感がぐんぐん高まっていき、やがて最大の波がやってきた。

地上に戻り息を継ぐソフィーを、ヴァンが仰向けにした。脚を大きく開かせられる。彼はソフィーの両脇に肘をつき、まとわりつく熱の内部へふたたび押し入り、動きはじめた。激しく大きな動きだ。すでに一度達しているそこはしなやかでたっぷりと濡れ、いちだんと敏感になっていた。突かれ、こねまわされ、そのたびソフィーはすすり泣くような悦びの声をあげた。

ベッドを揺らす二人のリズムが速くなった。ソフィーはもだえ、彼の背に爪を立て、ヴァンを急《せ》き立てた。自分の中に無限の宇宙が広がっている。ビーチで眺めた果てしない星空と海原が、今、わたしの中にある。なんてすごい魔法なんだろう。

歓喜が極まり、炸裂《さくれつ》した。二人同時に広大な宇宙に放りだされる。

ソフィーは尾を引く快感にひとしきりたゆたったあと、まぶたを開いた。満ち足りた、けだるい笑みを浮かべてヴァンを見る。

笑顔は返ってこなかった。ヴァンは、深刻そうにさえ見える表情を浮かべていた。

胸の底が一気に冷たくなった。

傷つかないよう用心はしていたけれど、今の自分は無防備だ。こちらは防御を崩しても、彼のほうの壁は変わらず高い。それが悲しかった。

大人になりなさいと、ソフィーは自身を戒めた。ヴァンに将来を約束されたわけじゃない。ヴァンにしてみれば、これはただのお楽しみ、いっときの戯れ。彼にとって女は、いつだって自分の前に身を投げだすものなのだ。

勝手に心情をからめてこだわるなんて、ばかげている。初めて男性に触れられて、たちまち相手に夢中になってしまううぶなバージンじゃあるまいし。

ソフィーは努めて軽い調子でこう言った。「ほら、また。そんなに塞ぎ込んで。今夜のあなたはやっぱり変」

ヴァンはかぶりを振ったが否定はしなかった。「こうなってしまうのは、自分でもどうしようもないんだ」

ソフィーはごろりと仰向けになると天井を見つめた。「今起きたことをもってしても気持ちが晴れないなら、何をしてもだめでしょうね。そんな状態なのにここにいるのは、どうして?」

「もっときみが欲しいから。いつだって欲しくて欲しくてたまらないんだ」

まっすぐな激しさにソフィーはどきりとした。同時に、わけがわからなくなった。「たった今、あなたはわたしを抱いた」ゆっくりと言った。「思う存分、抱いたはずよ。それでもまだそんなにつらそうな顔をしている」

ヴァンは片手でぴしゃりと目を覆った。「ごめん」絞りだすような声だった。「今は自分で自分の気持ちをコントロールできない。ひとりでにこんなふうになってしまうんだ」

「そう」ソフィーはベッドから下りた。「わかったわ。くよくよするなら、自分の部屋でして。とても素敵なセックスだったけれど、わたしたち、もうこれまでね。ありがとう、楽しかったわ」

「ソフィー――」

「シャワーを浴びるわ。そのあいだに出ていって」

「きみを怒らせるつもりはなかったんだ」

「自分で自分の気持ちをコントロールできないとあなたは言った。わたしも同じよ。おやすみなさい」

涙がこぼれる前にバスルームに飛び込んでシャワーの栓をひねり、震える唇を手で押さえた。顔にかかる熱い湯がありがたかった。

いやな感情も洗い流せたらどんなにいいだろう。心を空っぽにしてしまいたい。そう思ったとき、バスルームのドアが開く音がした。室内の冷気が流れ込んでくる。ヴァンがシャワーブースに入ってきた。大きな体が、広々とした空間をひどく狭く感じさせる。ソフィーは濡れた顔を手で拭い、口を開いた。出ていってと言いかけたとき、見えたのは彼の目だった。言葉にできない苦悩を滲ませた目。

名状しがたいその苦しみならソフィーにも覚えがあった。「ヴァン――」言葉はキスにさえぎられた。このうえなく甘く刺激的なキスに、抗《あらが》うなんて不可能だった。

ヴァンが栓を戻してシャワーを止めた。水滴の落ちる音と湯気がバスルームに満ちる。ほかに聞こえるのは、ソフィー自身の胸の轟《とどろ》きと、すすり泣きにも似た喘ぎだけ。それらは悦楽への全面降伏を告げていた。

ヴァンはソフィーを後ろ向きにし、壁に手をつかせた。ヒップを引き寄せ、脚のあいだに体をこじ入れる。ソフィーのすべてが彼に向けて開かれる。手が前に回り愛撫が始まると、ソフィーは大きく背を反らした。太くて硬いものがじわじわと入ってくる。

より深く迎え入れようとして腰を揺すり立てたが、ヴァンはゆっくりとしたリズムを崩さない。力強い往復だった。遠ざかり、沈み込む。そのたびに気持ちよさともどかしさは高まって、ソフィーは叫びたくなった。

ようやくヴァンが彼女の求めに応え、動きを速めた。容赦なく突き上げられて、快感はますます大きく膨らんでいく。

それが弾《はじ》けて大波になった。歓喜の声をあげるソフィーをのみ込み運び去っていく。果ててからもヴァンはソフィーの首筋に顔をうずめて中に留《とど》まっていた。肩に軽く歯を立て、それからそこを優しく舐《な》めた。

「出ていったほうがいいのはわかっていた」彼はつぶやいた。「だがどうしても離れられなかった」

「あなたほどはっきりしない人も珍しいわ。わかってる？」

「ああ。すまないと思っている」

「謝られるのはもううんざり。いいから、早く自分の部屋へ戻って」

「戻らないといけない？」

「ええ。この際だからはっきりさせておきましょう。シナリオは二種類あるの。まずはA、上司と部下の秘密の情事。これにはこれ用のルールがあり、予測される結果がある。そしてシナリオB、恋人関係。こちらのルールと結果は、Aとはまったく別のもの。なのにあなたはごっちゃにしてしまっている。恋人じゃないんだから、いかにもそうであるかのように振る舞うのはやめて。Bの関係は親密さのレベルが違うのよ」

「じゅうぶん親密だとぼくは感じている」

ソフィーは身をよじってヴァンから離れるとシャワーの栓をひねり、彼に目もくれず体を洗いはじめた。「わたしにとって仕事はとても大切なものなの。それを失うかもしれないような行動は取れない」

「そんなことをさせるつもりはさらさらないよ」

ソフィーはヴァンの目をまっすぐに見た。「あなたは性急すぎるわ。ちょっと休ませて。また朝食の席で会いましょう。おやすみなさい、ヴァン。さあ……行って」

ヴァンは彼女のほうを見ずに体を拭くとバスルームから出ていった。少ししてキャビンのドアが閉まる。

その音を聞いたとき、ソフィーの中で何かがぽきりと折れた。とうとう一人になった。望みどおりの、一人ぼっちに。

心が粉々に崩れていくようだった。

13

朝食の場にソフィーが姿を現したとき、飛び上がって彼女の注意を引きたい気持ちをヴァンはなんとか抑え込んだ。ルールを守らなければならない。しかしそのルールは、2サイズ小さすぎるジャケットのように窮屈だった。

「ソフィー！　こっち、こっち！」ジェンナが大きな声で呼んだ。「ずいぶん遅かったわね」

ソフィーがジェンナに笑みを返しながらこちらへ歩いてくる。テーブルについているのはヴァン、エヴァ、花嫁と花婿だ。

今朝のソフィーもすばらしくきれいだった。目が覚めるような黄色のトップがしなやかに胸に沿い、ウエストの細さを際立たせている。ボトムスは白いリネンのワイドパンツだ。髪は下ろしたままだった。爽やかな香りがテーブル越しにふわりと香った。

ソフィーがちらりと険しい視線を投げてきた。知らず知らず彼女に見とれていたのに気づかされ、ヴァンは目をそらした。

「おはようございます」ソフィーはドリューとジェンナに笑顔を向けた。「お天気まで二人を祝福しているみたいね。天気予報アプリによると午後はもっと晴れて暖かくなるんですって」

「そうなのよ。昨夜のビーチだって最高だったし」エヴァが言い、好奇心いっぱいの目でソフィーとヴァンを見比べた。幸いにもそれに気づかず座るソフィーへ、続けて尋ねる。

「寝坊したの?」

「いいえ。いろいろ忙しくて。通訳が必要な時間帯をミスター・チャンのところへ訊《き》きに行ったり。マルコム、ヘンドリックとの会談は十一時かららしいわ。だから朝食の時間はたっぷりあるの」

「よかったわね。それまでせいぜいのんびりしてちょうだい。聞いたわよ、サンフランシスコでマルコム伯父さまがあなたにどんな仕打ちをしたか。ああいう非人道的なところ、ほんとにいやになっちゃう」

ソフィーは肩をすくめた。「そこまでひどくはなかったわ。ちゃんと持ちこたえて、このとおり元気にここへ来られたし」

「来てくれて本当によかった」ジェンナが言った。「さあ、たくさん食べてね。今日も長い一日になるんだから」

「あ、リチャード」エヴァがにっこりした。「お久しぶり！」

ヴァンが顔を上げると、リチャード・ブライスが立っていた。ティムの息子にはヴァンも何度か会っている。上背があり、なかなかのハンサムだ。頭は洒落《しゃれ》た丸刈りで、短い髭《ひげ》はきれいに整えられている。しきりにソフィーに視線を向けるところからすると、ティムは勝手に抱いている疑惑について、息子にもう話しているのかもしれない。

いやしかし、男ならソフィーに目を奪われて当然とも言えるから、憶測は禁物だ。

リチャードは、さっさとソフィーの向かいの席に座ったかと思うと、食事中の彼女を前に滔々《とうとう》としゃべりはじめた。自分がいかにハリウッドで大物扱いされているかをアピールして、ソフィーの気を引こうとしている。

リチャード・ブライスを色眼鏡で見ることなく受け入れようというヴァンの気持ちは、これできれいさっぱりなくなった。

「ほら、生き馬の目を抜くってやつ？」今はエヴァに向かってしゃべっている。「おれなんかいつ背中を刺されるかわかんないよ。おれの仕事を奪おうと狙ってる連中が百人はいるんだから。毎日生きた心地がしないね」

「お気の毒」ソフィーがぼそりとつぶやいた。「ストレスが多い毎日なのね。それでもお仕事が好きなの？」

「もちろん。天職だと思ってるよ」リチャードはしゃべりながらソフィーの胸に視線を這《は》わせた。「この二年で六個の賞を獲《と》ったからね。ヘッドハンターからのオファーが引きも切らないんだ」

「すごいわね、リチャード」エヴァが言った。「順調そうで、ほんとによかった」

リチャードはまたソフィーのほうを見た。「ここのメンバーはきみとおれ以外、結婚式の準備で忙しそうだ。そっちはみんなに任せてさ、式が始まるまで二人でビーチでも散歩しようよ。すごいきれいな潮だまりがあるんだ。ぜひきみに見せたいな」

「彼女は仕事で忙しいんだ」ヴァンは思わず割って入っていた。「マルコムとヘンドリックの通訳をしないといけない」

リチャードは目をぱちくりさせてヴァンを見た。まるで、初めてヴァンの存在に気づいたかのように。それから彼はにんまり笑った。「はいはい、そういうことね。ごめんごめん。きみのテリトリーを荒らすつもりはなかったんだ」

「テリトリーなんて、そんなものはどこにもないわ」ソフィーがヴァンを睨《にら》む。「それから、わたしにはちゃんと口があります」それからリチャードに向き直った。「でも、確かにそのとおりなの。お式が始まるまでは仕事よ」

「そう、わかった。みんな忙しそうだし、邪魔者は消えるとするか」リチャードは立ち上がった。「じゃ、あとでね」

リチャードが出口のほうへ遠ざかると、エヴァは手の付け根でぴしゃりと額を叩《たた》いてドリューを睨んだ。「どうしても思い出せないんだけど。兄さんはどうして彼を招待したんだっけ？」

ドリューは肩をすくめた。「マルコム伯父さんが、どうしてもと言うからさ。ティム・ブライスを喜ばせるためじゃないか？　ティムはあのとおり、リチャードとぼくが子どもの頃からの親友同士だと信じているから。夏休みに湖で遊んだよなとか言って、昔話に花が咲くものと思っているんだろう」

エヴァが鼻を鳴らした。「そうそう、わたしがビキニを着てたら、リチャードがトップの紐《ひも》を引っ張ってほどこうとするの。すごくしつこかった。子どものときからいやなやつだったけど、今も全然変わってないなんてね。びっくり」

「相手にしないことだ」ドリューがたしなめるように言った。「こっちは誰もそんなに暇じゃない。もっと有意義なことに頭を使わないといけないからな。とくに今このときは」

「ほんと、ほんと」エヴァは目を潤ませてジェンナを見つめた。「まだ信じられないわ。世界でいちばん好きな二人が夫婦になるなんて、夢みたい」

エヴァとジェンナはどちらも涙ぐみ、鼻をすすりながら固く抱き合った。

ソフィーはヴァンの視線を感じて言った。「そろそろ失礼するわね。通訳の準備をしなきゃ」

「会議室まで案内するよ」ヴァンが申しでた。

ダイニングルームを出ながらソフィーは低い声で言った。「みんなの注意を引くようなことをしないで」

「並んで歩いているだけじゃないか」ヴァンも抑えた声で抗弁した。「きみに触れてもいないんだ、怪しまれるわけがない。同じ職場で働く者同士、何もおかしなことはしていない」

「さっきのあれは何？　リチャードを追い払ったでしょう。どうしてあんなことをしたの？」

ヴァンは肩をすくめてみせた。「むかついたからさ。何が〝すごいきれいな潮だまり〟だ」

「助けてくださらなくて結構よ。いやな男に近づいてこられても自分で撃退できますから。あれじゃ、焼きもち焼きの恋人そのものだわ。誰の目にも明らかよ。お願いだからやめてちょうだい」

ヴァンは足を止めた。「ぼくのやることなすこと気に入らないんだな」

「人目に立つ行動を慎んでと言っているの」ソフィーはきっぱりと口にした。「会議室の場所はわかります。ここからは一人で大丈夫。また、あとで」

そしてソフィーはすたすたと歩み去った。

ハウスと命じられた犬はこんな気持ちかと、ヴァンは苦々しい気持ちに襲われた。


マルコム、ヘンドリック、チャンによるナイロビ・タワーズを巡る話し合いが二時間以上も続いた頃、ドアにノックの音がした。

エヴァが顔を覗《のぞ》かせ、にこやかに告げた。「お邪魔して悪いんですけど、ベヴから言いつかってきたのでお知らせしますね。結婚式開始まで二時間を切ったので急ぐように、ですって」彼女はヘンドリックに向けてウィンクした。「文句がおありでしたら、わたしじゃなくてベヴにどうぞ。時間厳守が彼女のモットーですものね」

「ベヴが言うならしかたあるまい。彼女は陰の最高権力者だ」マルコムが驚くほど上機嫌に言い、パソコンを閉じた。「続きは明日にしようじゃないか。奥方を待たせるなよ、ヘンドリック」

最後に会議室を出たソフィーは、急いでキャビンへ戻ると乏しいワードローブを点検した。とはいえ、着るものは決まっている。

くすんだローズ色のドレスを手早く身につけた。生地はバイアスカットのシルクシフォンで、薄靄《うすもや》のようなロングストールが付属している。ぴったりした身頃の濃いローズ色は、裾に近づくにつれて薄くなり、ストールの色はさらに淡く儚《はかな》い。それを胸の前で合わせるようになっていて、合わせ目には柔らかなシフォンの薔薇《ばら》が一輪あしらわれている。履き物はピンヒールのストラップサンダル。これは黒いベルベット地だ。

メイクを直し、スマートフォン、ティッシュ、カードキーをビーズのイブニングバッグに移した。バッグにもストールと同じシフォンの薔薇がついている。

急なことだったから、これが精いっぱいのドレスアップだ。

救いは、肝心の新郎新婦が突然の闖入者《ちんにゅうしゃ》を心から歓迎してくれているらしいことだった。あんなに心優しい人たちを、友だちと呼べる日がいつか来るかもしれない。いや、もしかすると、家族と呼べる日が。

甘い夢だろうか。希望を抱くというのはリスキーな行為だ。この夢だって、叶《かな》わぬまま終わる可能性はとても高い。

ヴァン。そしてマドックス家の人たち。誰に対しても、夢を膨らませすぎてはいけない。そこを間違えたら、自分が大きな傷を負うことになる。

苦労してドライヤーとヘアアイロンで整えた髪だったのに、キャビンを出たとたん風に乱された。結婚式の会場となるのはエントランスホール近くの芝生エリアで、そこは大きな岩の陰だから風がさほど強くない。芝生の区画以外は、腰の高さまでの野の花が一面に咲き乱れている。

会場に着いてしまえば風はおさまるかもしれないが、ソフィーの髪はすでに惨状を呈していた。

沿岸部の春にしては今日はずいぶん暖かい。ノースリーブのドレスに薄いストールでじゅうぶんだった。ソフィーがメイン棟の近くまで来たとき、女性が外へ出てきた。えび茶色のジャケットに黒いパンツは、ここのスタッフだ。

よく見ると、それはジュリーだった。ソフィーに気づくと、ポニーテールを弾ませながら駆け寄ってきた。

「ミズ・ヴァレンテ！　ちょうどよかった！」大きな声で言う。「キャビンのほうにお電話したんですけど、出られたあとだったみたいで！」

「わたしを捜していたの？　どうして？」

「ミスター・マドックスがお呼びです。急に通訳が必要になったとかで。大至急、お部屋へいらしてください」

「今？」ソフィーは腕時計を見た。「だけど……もうすぐ結婚式が始まるわ」

「そうですよね。だから急がないと！　お部屋はナンバー156、マドローネ・キャビンです」ジュリーは案内図の載ったパンフレットを広げた。ボールペンで経路をたどり、キャビン156に丸印をつける。「わかります？　メイン通路の突き当たりにある大きなキャビンです」

ソフィーは当惑しつつパンフレットを受け取った。「何かの間違いじゃ――」

「とんでもない！　とにかく急いでください。お待ちかねのようですから」

「わかったわ。知らせてくれてありがとう」

マルコムのキャビンへ向かうにあたり、ソフィーは一瞬、裸足《はだし》になろうかと考えた。そのほうが早く着く。けれど、砂まみれの足で一日過ごすことになるのかと思うとそれもためらわれた。

途中、誰とも出会わなかった。このタイミングで呼びだされるのは奇妙だが、マルコム・マドックスの要望ならば従わざるを得ない。自己中心的な変わり者とは聞いていたけれど、本当だった。誰よりも何よりも、彼自身の都合が優先されるのだ。たとえそれが甥《おい》の結婚式であっても。

そうはいってもここまで急を要するなんて。何かあったのだろうか。

まあ、いい。こちらが判断することでも悩むことでもない。召使いは黙って与えられた仕事をこなすだけ。ああ、それにしても、この風、この頭。式場へ戻る頃には、箒《ほうき》にまたがって嵐の空を駆けめぐったような有様になっているだろう。

前方に目的のキャビンが見えてきた。手もとの時計に目を落としたソフィーは小走りになり、戸口まで来るとドアをノックした。

しばらく返事を待ってから、もう一度。

「ミスター・マドックス？　いらっしゃいますか？」

答えはない。少しして、また叩いた。中に人がいればうるさがられるかもしれないぐらい、強く叩いた。マルコムは高齢だが、耳が遠いと感じさせられたことはこれまでなかった。「ミスター・マドックス？」ソフィーは声を張り上げた。「いらっしゃいます？」

バスルームだろうか。それとも、まさか、急病？　だとしても、中へ入って確かめる術《すべ》がない。

大急ぎでメイン棟へ戻って、誰かに知らせるのが最善策だろうか。マルコムが中にいるはずなのに応答がない、と。

そわそわと髪をかき上げながら時計の時刻をもう一度確かめると、ソフィーは駆けだした。マルコムが無事でありますようにと祈りながら。

メイン棟に入ったときには、心配のあまり冷や汗が噴きだしていた。

ガラス張りの壁の向こうに、大勢の人々と白いテントや華やかな飾りつけが見える。今しも結婚式が始まろうとしていた。

そのときだった。マルコムの姿が見えた。杖《つえ》をつき、ジェンナと腕を組んでいる。二人でゆっくりとバージンロードを進みはじめた――花婿のもとへ向かって。

マルコムはキャビンになどいなかったのだ。これはいったいどういうこと？　なぜ、ジュリーはわたしに無駄足を踏ませたりしたの？　何かの間違いと言うにはあまりに具体的な指示だった。誰かの悪ふざけなら許せない。

ソフィーは憤然ときびすを返すと、フロントへ行った。「すみません」カウンターの中の女性に声をかける。「スタッフのジュリーは、今どこにいるかしら？」

相手はきょとんとしている。「あの、スタッフの、なんとおっしゃいました？」

ソフィーの苛立《いらだ》ちは限界に達しつつあった。声が自然に大きくなる。「ジュリーよ。小柄で、ブロンドのポニーテールの。ボスがキャビンで待ってるから大至急行くようにって彼女から言われたんです。でも、行ってみたらいない。それはそうよね、そこで花嫁とバージンロードを歩いているんだもの。いったいどうなってるのか、ジュリーに確かめないわけにいかないでしょう」

名札によるとデブラというらしいスタッフは、怯《おび》えたような顔になった。「あの、お客さま……たいへん申し訳ないのですが、おっしゃっている意味がよくわかりません。こちらにはジュリーという名前の従業員はおりませんが」

ソフィーはぽかんと口を開けて彼女を見つめた。「はい？」

「ジーナかジェニファーならおります」デブラは言った。「メンテナンススタッフにはジュリアンという者も。ですが六十代の男性です」

「いいえ、でも……彼女、名札をつけていたんです。そういうのを」ソフィーは呆然《ぼうぜん》としながらも言った。「制服だって着ていたし。わたしの名前を知っていたわ。ミスター・マドックスの下で働いていることも。そんなことってあります？」

「まことに申し訳ありません。わたくしにはわかりかねます、お客さま。わたくし、ここで働くようになって三年めですが、ジュリーというスタッフには一度も会ったことがございません。あの、もしあれでしたら、支配人を呼んでまいりましょうか？　何かお話しできることがあるかもしれません」

ええ、どうか呼んできてください。そう言おうとして口を開いたときだった。背後から呼ばれてソフィーは飛び上がった。

「おーい、ソフィー！　そんなところで何してるの？　結婚式、もう始まってるよ！」リチャード・ブライスだった。表のドアから顔を覗かせている。「来ないのかい？」

「あ……もちろん、行くわ。ちょっとごたごたしていたの。ミスター・マドックスのキャビンへ行くようにと言われて行ってみたんだけど、いなくて――」

「マルコム？　ここにいるよ。花嫁を花婿に託してるとこ」

「知ってるわ」歯ぎしりする思いでソフィーは言った。「だけど――」

「何か行き違いがあったんだろう。ほら、早くしないと終わっちゃうよ」

ソフィーが振り返ると、デブラは困惑して目を大きく見開いたままだった。

「結婚式が終わったら支配人に会わせてください。予定に入れておいてくれるよう、あなたから話しておいてもらえますか？」

「もちろんです！　すぐに伝えます」デブラは大きくうなずいて答えた。「本当に申し訳ありませんでした！」

リチャードにいきなり腕を取られて、ソフィーはバランスを崩しかけた。さっと腕を引っ込めて、そっけなく言う。「ありがとう。でも自分のペースで歩くわ」

リチャードは両手を上げ、きまり悪げににやりとした。「ごめん。遅くなるといけないと思ってさ」

「あなたに心配してもらわなくても大丈夫。わたしの問題なので」

しかしリチャードはしつこかった。ソフィーがみんなのほうへ歩いていくあいだも、ぴたりと後ろについてくる。

芝生エリアへ足を踏み入れるときなどは腕を取られた。ソフィーはすぐに振りほどいたが、強い力が必要だったために周囲に気づかれてしまった。

人だかりの端のほうにソフィーが加わると、真後ろにリチャードが立った。背中に体が触れるほど近いので少し前へ出ると、彼もついてきた。二人連れに見えてもおかしくない状況だった。

なんなの、この人。ソフィーは苛立ち、じりじりと移動した。すると向こうも移動する。このところの自分とヴァンの様子を知る人たちが見たら、いったいどう思うだろう。大事な式に遅れてきたかと思えば別の男を連れているなんて。マドックス・ヒル一身持ちの悪い女と呼ばれてもしかたない。

そしてもちろん、ヴァンの視線はソフィーに釘《くぎ》づけだった。タキシード姿も凛々《りり》しい彼は、ザックと共にドリューのかたわらに立っている。一段高いステージからはこちらがよく見えるだろう。前のほうでは、ジェンナを花婿のもとへ送り届けたマルコムが、ベンチの最前列にベヴやヘンドリックと並んで腰を下ろすところだ。

ジェンナと花嫁介添人が所定の位置につく。純白のレースと長いトレーンをつけた花嫁は輝くように美しい。ストロベリーブロンドのカーリーヘアが頭上でふんわりまとめられ、ブーケと同じ野花の冠を頂いている。介添人のエヴァとチェリスも素敵だった。しなやかに体に沿うラップドレスはミッドナイトブルー。チェリスの義手は、さまざまなニュアンスの青に瞬く無数のライトで彩られている。満面の笑みで指輪を運ぶのはアームズ・リーチのクライアントだという少年で、彼にはソフィーも昨夜のディナーで会っていた。

リチャードと距離を置きたくて、ソフィーは見知らぬゲスト二人のあいだに移動した。が、無駄だった。リチャードは隣の人を肘で押しのけて割り込んできた。あたりから漏れる非難や不平のつぶやきをものともせずに。

彼から逃れる方法はひとつしかなさそうだった。大きな声できっぱりと拒絶するのだ。注目を浴びるだろう。騒ぎになるだろう。下手をすれば結婚式が台なしだ。新しいいとこたちに好意的に迎えてもらいたい人間が、そんなことをできるわけがなかった。

14

ザックに腕を小突かれた。親友の結婚式の真っ最中だというのに、ヴァンは心ここにあらずといった体でいる。最初のうちはソフィーの姿が見えないのが心配だった。彼女が遅れて現れてからは、あの忌ま忌ましいリチャード・ブライスが一緒だったために、その理由を考えるのに忙しくなった。

ヴァンはしかたなく進行中の式に意識を戻した。相互の信頼がどうのこうのと司祭が感傷的な説教を垂れる前で、ジェンナとドリューは見るからに幸せに酔いしれている。かつてのヴァンはそうした表情をどこか冷めた目で見ていたものだが、今はただただ羨ましく、そして妬ましかった。

冷めたままでいられたら楽だったのに。

こうなったら、シアトルへ戻ったあと予定されているヘンドリックやマルコムとの話し合いの場で、洗いざらい現状を明かして理解してもらうしかない。情報漏洩《ろうえい》があったこと、ティムがソフィーを疑っていること、しかし彼女は間違いなく潔白であること。そうすれば、心置きなく彼女との関係を次の段階へ進められる。

ティムの妄想に、いつまでも邪魔はさせない。

拍手と歓声が沸き起こった。ドリューとジェンナが熱く長いキスを交わしているところだった。ようやく顔を離したあとも、二人は輝く笑みを浮かべていつまでも見つめ合っていた。

またザックに小突かれた。新郎新婦に続いて介添人も退場するのだった。朝食のあとリハーサルをしたのに、もはや何も頭に残っていなかった。

ザックとエヴァが歩きだした。ヴァンはチェリスに腕をつかまれ、引っ張られるようにして彼らのあとに続いた。

ソフィーのそばを通るとき、彼女がじっとこちらを見ているのがわかった。何か言いたそうにも感じられたが、よくわからない。勝ち誇ったような顔のリチャード・ブライスが彼女にぴたりとくっついていたために、そちらのほうが気になった。

人だかりの中を行く新婚カップルに、花びらやエコフレンドリーな鳥の餌が降り注いで、厳粛な式は終わった。

次いで始まったのは、二百人超が広大な敷地に散っての祝宴で、あまりの規模にヴァンはなかなかソフィーを見つけられなかった。

結局彼女は、崖の上の展望台にいた。シャンパングラスにときおり口をつけながら、海を見ている。

ヴァンは通りかかったウェイターのトレイからグラスを取ると、彼女の隣へ行った。

「ここにいたのか」

ソフィーは控えめな笑みを返し、グラスを掲げた。「お疲れさま。素敵な結婚式だったわ」

「うん」ヴァンはグラスを合わせた。「ジェンナとドリューに乾杯」

二人はシャンパンを飲み、手すりに肘をかけて海を眺めた。

「式が始まったとき、いなかっただろう?」

ソフィーがかぶりを振った。「実はね、すごくおかしなことがあって。お式へ向かおうとしていたら、メイン棟の外でここのスタッフに呼び止められたの。マルコムが呼んでいるから、大至急キャビンへ行くようにって」

「はあ?」

「でしょう? 急遽《きゆうきよ》、通訳が必要になったって言うの。このタイミングで?って思ったんだけれど、彼女がすごく急《せ》かすものだから、駆けつけてドアをノックしたわ。でもマルコムはいなかった。いるわけないわよね。ずっとこっちにいたんだから。結婚式が始まるんだから当然よ。つまり、わたしは偽の情報に振りまわされたわけ。で、フロントへ戻って、そのスタッフ――ジュリーっていうんだけれど――に会わせてほしいと申し入れた。そうしたら、そんなスタッフはいないって。そのフロントスタッフはここで三年働いているけれど、ジュリーという名前は聞いたことがないって」

「おかしいじゃないか」

「ええ、おかしすぎる」ソフィーの声が熱を帯びた。「しかも、わたしがジュリーに会ったのはそれが初めてじゃなかったの。昨夜、ここに着いたとき、わたしのキャビンに彼女がいたのよ。ほら、ティムを交えたミーティングがあったでしょう。あのあいだに荷物を運んでくれたらしいんだけれど、ガーメントバッグを地面に落としたんですって。濡《ぬ》れてしまうからと言って、わたしの衣類をベッドに広げていた。そうやって二度も関わったスタッフがここにはいないと言われて……背筋がぞくりとしたわ」

「いやな感じだな」

「ええ。支配人と話したいと申し入れはしてあるんだけれど……なんだかきまり悪いような気がしてきたわ。幽霊でも見たんじゃないか、頭がおかしいんじゃないかって、思われそうで」

「きみはまったく正常だよ」ヴァンは力を込めて言った。「自分を信じるんだ。ぼくはきみを信じている」

ソフィーはほっとしたように微笑《ほほえ》んだ。「ありがとう。正気だと請け合ってくれる人がいてよかった」

「そういえば……」ややあってヴァンは切りだした。「どういういきさつでリチャード・ブライスと式場へ来ることになったんだ？」

さらりと尋ねたつもりだったが、ソフィーは射すくめるような目でヴァンを見た。「そんなに気になる？」

「いや、ちょっと不思議だったから」ヴァンは言いつくろった。

「謎のジュリーについてフロントスタッフと話しているときに会ったのよ。それからずっとヒルみたいにくっついて離れないの。何度か、文字どおり引き剥がさないといけなかった。だからあの人に焼きもちを焼いてわたしに時間の無駄遣いをさせるのはやめて。もっとずっと大きな問題がいくらでもあるんだから。リチャード・ブライスなんて問題外、わかった？」

ヴァンは胸のつかえが取れた気がした。「よくわかった。ぼくが尻でも蹴飛ばしておこうか？」

「冗談でも、やめて。これ以上のごたごたは勘弁してほしいわ。幽霊スタッフの件だけで手一杯」

「こんなところに隠れてたのね、お二人さん！」エヴァがエントランスホールから駆けだしてきた。上気した美しい顔のまわりでブロンドの髪が躍っている。「来て、来て！　ベヴとマルコム伯父さまのスピーチが始まるわよ。甘い囁《ささや》きを交わすのはあとでもできるでしょ」

ばれていたのか。ヴァンはばつの悪い思いをしながらソフィーの様子をうかがった。

だが、彼女は振り向きもせずエヴァに続いてホールへ入っていった。ドレスの裾を風に翻して。

不思議なものだとソフィーは思った。重大なミッションを抱えているうえ、ジュリーという謎まで生じたというのに、どうしてこんなに楽しいんだろう。幸せな気分というのは伝染するものなのか。ドリューとジェンナは幸福の絶頂にあり、この場にいるすべての人が二人の輝きを浴びて笑っている。

華やかさと家庭的な温《ぬく》もり、その両方がこの結婚披露パーティーにはあった。すべてがすばらしかった。舞台は完璧、料理は豪華、ワインは最上級。バンド演奏が三度あったが、みんなで踊れるにぎやかな曲と、心とろけるロマンティックなバラード、両者のバランスが絶妙だった。

　ふだんは好んで踊ることのないソフィーでも、コーラスラインの一員としてエヴァにフロアへ引っ張りだされると拒むわけにはいかなかった。終わったときには息も切れ切れで汗びっしょり、顔が熱く火照って、ヴァンの視線を痛いほどに感じた。

「さあさあ、独身女性の皆さん、集まって！　独身女性の皆さん！」

　ああ、大変だ。ベヴ・ヒルがいちだんと張り切りだした。ドリューとジェンナ、どちらの母親も他界しているため、ヘンドリックの妻がこのイベントを取り仕切っているのだった。鼻息も荒く会場内を巡るベヴは、未婚女性を見つけては次々に部屋の真ん中に引っ張っていく。ブーケトスに参加させられるなんて、ソフィーは勘弁してほしかった。

　だからこっそり人混みに紛れようとしたのだが、ベヴはくるりと振り向くと、まるで糾弾するかのようにソフィーをさっと指さした。「ちょっとあなた、どこへ行くつもり？」

「あ、いえ、わたしは結構です」ソフィーは必死に抵抗した。「わたしはほら、仕事で来ていますから。招待されたわけではなくて。だから、参加する資格は――」

「ばか言うんじゃありません。お嬢さん方みんなに等しく権利はあるの。一人残らず参加してこそ意味があるんじゃない。ほらほら、早く！」

あれよあれよという間に二十人ほどの集団に引きずり込まれた。ダンスとシャンパンですっかりいい気分になった娘たちは大はしゃぎだ。一塊になるよう指示されて従いながら、ソフィーとエヴァは相哀れむ視線を交わした。ベヴがジェンナを所定の位置へ誘導する。人々が輪になって声援を送る中、ジェンナがくるりと後ろを向いて、ブーケを高く投げ上げた。

ブーケは弧を描き、ひっくり返り、回転しながら……よりにもよってソフィーの真上へ飛んできた。

ソフィーは片手で顔を守った。その手にバレーボールみたいにブーケが当たって弾み、胸もとに落ちてくる。だからとっさに受け止めた。ああ、まさか。嘘でしょう。

場内は沸き返った。

「やったわね！　次の花嫁はあなたよ」歓声に負けない声でエヴァが叫んだ。「おめでとう！」

ソフィーが答えを返すことは不可能だった。ハグと祝福の嵐に揉《も》みくちゃにされているのだから。

幸いヴァンは終始離れたところにいたが、すべてを見られていたのは間違いない。なんとなくきまりが悪くて、彼の席には近寄りたくなかった。だからベヴに導かれるまま、エヴァとジェンナが足を休めているテーブルに加わった。

腰を下ろせるのはありがたかった。ピンヒールのサンダルで踊ることの代償はとてつもなく大きかった。重力という執念深い呪いから、そろそろ解放されたいと思っていたところだ。

ベヴがアイスペールからシャンパンを一本抜き取ると、キンキンに冷えた新しいグラス四つに注《つ》ぎ分けた。「さあ、飲み干して、ソフィー！　あなたは運命の女神に選ばれたのよ」

ソフィーは、つい鼻を鳴らしてしまった。「畏れ多くも女神さまをがっかりさせることになりそうです。わたしなんかがそう簡単に結婚できるわけないもの」

「また、ばかなことを」ベヴはソフィーの手をぽんぽんと叩《たた》いた。「あなたの前には求婚者が列をなすわよ」

「でもね、結婚までは誰だっていろいろあるのよ、ベヴ」そう言ったのはジェンナだ。

「言われてみれば、そうかもしれないわね」ベヴは認めた。「わたしとヘンドリックの場合だって、最初から順風満帆というわけじゃあ、なかったもの。昔の彼はかなりのワルだったから」

「ヘンドリックが？」とても信じられず、ソフィーは思わず訊《き》き返した。「ワル？」

彼女の驚きように、ベヴ、エヴァ、ジェンナがいっせいに笑った。

「そうなのよ！」ベヴが手を振り動かした。「まさかと思うでしょうけど、ヘンドリックは相当な遊び人だったの。だから求婚されても、初めのうちわたしはずいぶん邪険にしたものよ。でもね、ダイアナがあいだに立って、いろいろと助言してくれたの。ドリューとエヴァのお母さん。彼女のおかげで、四十六年前、わたしたちは一緒になれた。ダイアナが亡くなってもう十八年になるかしら。だけど、いまだに寂しさは消えないわ」

ふくよかで小柄な体。真っ白なショートヘア。縁なし眼鏡の奥で夢見るように瞳をきらめかせているベヴ。彼女と、離れたところにいるその夫とを、ソフィーはしげしげと見比べた。マルコムやチャンたちと同じテーブルについているヘンドリックは、よく聞こえるほうの耳を若きチャンへ傾けていた。訳される言葉を聞き取ろうと集中しているのだろう、眉間に皺《しわ》が寄っている。ロマンスの主人公としての彼を思い浮かべるのは難しいが、ベヴは甘い記憶に目を潤ませている。

「乾杯しましょう。お幸せな四十六年に！」ソフィーは言い、それからジェンナに目を移してグラスを掲げた。「そちらの幸せも末永く続きますように」

みんながシャンパンを飲んだ。ベヴはティッシュを引っ張りだすと、頬を伝う涙を拭い、ジェンナの手をつかんだ。「これはダイアナの婚約指輪だったのよ」ジェンナの手を持ち上げてソフィーに示す。「この子にぴったりだと思わない？」

美しい指輪だった。小粒のダイヤモンドに囲まれた深いブルーのサファイアが、ジェンナのほっそりとした指を彩っている。「ええ、本当に」

「この場にダイアナがいるみたいな気がするわ」ベヴはまた声を詰まらせた。「ドリューとあなたの姿を彼女が見たら、どんなに喜んだでしょうね。子どもたちは彼女の大きな誇りだったもの」

エヴァがバッグをごそごそ探ってティッシュを出し、目を押さえた。「こんなことなら、ウォータープルーフのマスカラにしとけばよかった」

「あらあら、あなたまで泣かせちゃったかしら。ごめんなさいね」

「違うの、ベヴ。今ね、わたしもほんとに母がいる感じがしたの。ちらっと見えた気がした。こういうの昔はときどきあったんだけど、しばらくなくて、もう母を感じられなくなっちゃったのかなって寂しく思ってた。でも、そうじゃなかった。ありがとう、ベヴ。あなたのおかげだわ」

ベヴは椅子を寄せ、エヴァをぎゅっと抱きしめた。

ジェンナも泣いている。ソフィーの目にも涙が滲《にじ》み、喉が苦しくなってきた。

ここに母がいてくれたら……そう思った。こんなとき、母なら当意即妙な一言で、みんなの涙を温かな笑いに変えられたのに。あいにくソフィーはその才能を受け継いでいなかった。

ベヴが涙を拭いて鼻をかんだあと、ソフィーは彼女に訊いてみた。「マルコムは、結婚は？」

「してたわよ。すごく短かったみたいだけど」横からそう言ったのはエヴァだった。「ヘレンって人と、二、三年かな。退屈しやすいたちだったみたいよ、ヘレン伯母さまは。この意味、わかるでしょう？　マルコム伯父さまぐらい退屈しない相手もいないと思うんだけど」

「ヘレンはあんまり感じのいい人じゃなかったわね」ベヴの口調は苦々しげだった。「あの奥さんははずれだと誰もが思っていたら、案の定、駆け落ちなんてしでかして」ベヴはエヴァのほうを見た。「あのとき、あなたはまだ生まれていなかったわね。ドリューがよちよち歩きだったかしら」

「再婚はなさらなかった？」ソフィーがまた訊いた。

「結婚に懲りたのね」ベヴは顔を曇らせた。「マルコムのことだから、その気になれば相手はよりどりみどりだったんだけど。おつき合いだけなら、何人かとはしたみたいよ。でも、結婚にはいたらなかった。どれだけの女性が泣いたことやら。だけど、すべては遠い昔の話」

ソフィーはマルコムを見やった。そしてベヴのことを思った。ヘンドリックと四十六年もの月日を共にしてきたベヴ。それに比べて母は……。まぶたに浮かぶのは、テラスから夕陽《ゆうひ》を眺めていた母の姿だ。ワイングラスを手に持ち、悲しみを胸に抱いて。

ヴィッキー・ヴァレンテは、ただ一人の相手を想《おも》いつづけた。そういう意味ではベヴと同じだ。ベヴと同様の人生を母が歩んでいてもおかしくなかった。結婚して子どもを産んで、卒業式だの葬式だの、身内のことで忙しくして。けれど運命の女神はそこまで優しくはなかった。

ソフィーは椅子を引いて立ち上がると、言い訳めいたことをつぶやいた。エヴァ、ジェンナ、ベヴ、みんなが顔を上げ、歩きだしたソフィーに向かって口々に何か言った。

言葉は頭に入ってこなかった。たぶん、大丈夫かとか、できることはないかとか、そんなふうなことを言われたのだろう。でも、わたしは大丈夫じゃない。彼女たちにできることは何もない。

とにかく一人になる必要があった。人前で醜態を演じてしまう前に。

15

いったいソフィーはどこへ行ったんだ？

ヴァンは周囲に断って席を立ち、彼女が消えた出口へ向かった。建物の外へ出た直後、木道の先にローズ色のドレスの裾が翻るのが一瞬見えた。が、すぐにそれは木立の陰に消えてしまった。

走るヴァンの姿を人々が振り返って見た。タキシード姿の大男が全速力で遊歩道を駆け抜けるのは、さぞかし奇異な光景だろう。

道は途中で枝分かれしていた。片方はマルコムのキャビンへ、もう片方はソフィーのキャビンへ続いている。ソフィーのキャビンへ向かったヴァンは、ドアの前へたどり着くとようやく足を止め、息を整えた。そうしてノックをした。

「お掃除なら結構です」中からソフィーの声がした。

ヴァンは心底安堵《あんど》した。「ソフィー？　ヴァンだ」

長い間があった。「今は……ちょっと」

「大丈夫かい？」

「ええ。少し一人になりたいだけ。また、あとでね」

「頼む」ヴァンは食い下がった。「話をさせてくれ。すぐ終わるから」

沈黙は永遠に続くかと思われた。ようやくドアが細く開き、ヴァンは詰めていた息を吐いた。

ドアを押し開けて中へ入ると、ソフィーは背中を向けていた。

「少しのあいだも待てないほど大事な話？」

ヴァンはドアを閉めた。「何があった？」

「話って、それなの？　そんなことが知りたくてわざわざ押しかけてきたの？　好奇心満々で？」

「心配しているんだ」

ソフィーは大きな音をたてて鼻をかんだ。「心配してくれなんて頼んでない」

「あいにくだが、させてもらう。何があったのか教えてくれ」

ソフィーがくるりとこちらを向いた。琥珀《こはく》色の瞳が濡《ぬ》れて光っている。「わかった。そんなに言うなら教えてあげるわ。衝撃の事実をね。なんとわたしは、母が恋しくて泣いているのでした」

どう返せばいいのかわからなかった。「それは……」

「ええ、それはびっくりよね。でも本当なの。何があったのかと訊《き》かれても、これが答えのすべてよ。満足した？」

「わからないな」ヴァンは慎重に言葉を選んだ。「どんな流れでお母さんが出てきたんだ？」

ソフィーは新たなティッシュをケースから引きだした。「不意打ちだったわ」そう言って、また鼻をかむ。「ベヴが言ったの。ドリューのお母さんがここにいないのが残念だというようなこと。それでエヴァが泣きだしたら、ジェンナもベヴも泣いちゃって。あとはもう、涙、涙よ。でも部外者のわたしは、あの場で手放しでは泣けなかった。だから抜けだしたのよ。自分の部屋で一人泣く分には誰にも見られず非難されず、もちろん同情なんかされずにすむと思ったから。ところがそれは叶《かな》わなかった。こうしてあなたの前で泣くはめになってしまったもの」

「部外者？ どういう意味だ？」

「決まってるでしょう」ソフィーは苛立《いらだ》たしげに言った。「彼女たちは内輪よ。あの聖域に、ただの雇われ人は場違いだった。だけど、わたしも母のことを思い出して……」ソフィーは手で口を覆った。

「そうだったのか。気持ちはわかる。会いたくても二度と会えないのはつらいものだ。どうしようもないとわかってはいても」

「ええ、そうなの」ソフィーは小さな声で言った。「わかってくれてありがとう」

彼女に触れるのはためらわれた。痛々しく、ピリピリと神経を尖《とが》らせていて、存在そのものがまるで生傷のようだった。それでもヴァンは衝動を抑えられず、ソフィーを抱き寄せた。そのままじっと待っていると、こわばっていた体はやがて緩み、柔らかな重みが彼の胸にかかった。

しばらくしてソフィーが目もとを拭った。「シャツが汚れちゃう」

「かまわないよ」

「ごめんなさい」ソフィーは囁《ささや》いた。「ほんとに突然、つらくてたまらなくなったの。去年、母を亡くしたときも悲しかったけれど、いろいろばたばたしているうちに乗り越えたはずだった。それが今になって、突然……」

「それが普通なんじゃないかな。家族の団欒《だんらん》や結婚式みたいなイベントは、容易に心のガードをすり抜けるんだ」

「そのとおりね。ふだん、わたしのガードは果てしなく高くて頑丈なのよ。本職だもの。

ガードを固めたい人の力になるのが仕事なんだから。なのにここ数日のわたしのガードといったら、スイスチーズ並みに穴だらけ。いちばん大きな穴は母よ。わたしがここにいる理由も、実は母なの」

ヴァンは続きを待ったが、ソフィーはしゃべるのをやめてしまった。

体を離すと、ごめんなさいと小さくつぶやいて彼女はバスルームへ入っていった。洗面台の前で腰をかがめ、顔を洗いはじめる。

あとを追ったヴァンが後ろから腰に腕を回すと、ソフィーは体を起こしタオルで顔を拭いた。

「さっきのはどういう意味？　きみがここにいる理由がお母さんだというのは」

ソフィーは彼と目を合わせようとしなかった。「前に話したでしょう。忘れた？　母が亡くなったからわたしはシアトルへ移ってきたのよ。心機一転、新たなスタートを切ろうと思って」

ヴァンが黙っていると、ソフィーはやっと鏡の中で彼の目を見た。

「なんなの？」ほとんど怒っているかのような、強い口調だった。

「きみはぼくに対していつも率直に語ってくれた。だから、きみの言葉が本当かどうか、ある程度判断できるようになった」ヴァンは言った。「今の話は、どうも本当のようには聞こえない。お母さんのことをきちんと教えてほしい」

ソフィーは苛立ちを滲《にじ》ませた。「今夜はずいぶん果敢に攻めてくるわね」

「ああ。そして退却するつもりはない」

ソフィーが鋭く息を吐いた。開き直ったようにも見える目をしている。「わかったわ。もう、当たって砕けろって気分になってきた。ただし、わたしの秘密を知っても絶対誰にも話さないと約束できる？」

胸の奥がひやりとした。ヴァンは一瞬、言葉を失った。「それは……」

ソフィーが笑い声をたてた。「もう、そんな顔しないでよ。安心して。人を殺したとか、そんな衝撃の告白はしないから」

「そうだとしても、闇雲に約束はできない」用心深くヴァンは言った。「どういう種類の秘密なのか、かいもく見当がつかないんだから」

ソフィーはため息をついた。「だったら、先にわたしがこう保証したら、どう？　わたしの秘密を隠蔽したからといって、あなたの社会的信用や面目が失われることは決してない。とても個人的なことだから」

ヴァンはうなずいた。「なるほど」

「どう？　約束できる？」

ヴァンはゆっくりと息を吐いた。そして、覚悟を決めた。「約束する」

ソフィーはヴァンの腕の中でくるりと身を反転させると、彼の胸に両手を置いた。勇気を奮い立たせようとしているように見えた。

「お母さんに関係があるんだね？」

ソフィーはうなずいた。「わたしをシアトルへ来させたのは母なの。母の遺志を継いで、わたしはシアトルで暮らしはじめた」

ヴァンは息を凝らして続きを待った。「お母さんがきみをシアトルへ送り込んだ理由は？」

ソフィーが顔を上げ、ヴァンの目をまっすぐに見た。「マルコム・マドックスがわたしの父親だから」

ヴァンは無表情だった。呆気《あっけ》にとられている。でも、狼狽《ろうばい》や落胆の色はない。それがソフィーには救いだった。

「驚いたな」ずいぶんたってから、ようやく彼はつぶやいた。「本当に？」

「本当よ。わたし自身、知ったのは母が亡くなる間際だったの。それまではいくら父親のことを尋ねても、母ははぐらかすばかりで何も教えてくれなかった。わたしたちは仲のいい親子だったけれど、それが唯一の喧嘩《けんか》の種だったわ。でも不治の病にかかって、母の気持ちも変わったんでしょう」

「お母さんの話は確かなのか?」

ソフィーはうなずいた。「三十年前、母はマルコムと恋愛関係にあったの。ニューヨークで。マルコムがフェルペス・パビリオンを手がけていたときで、母はインテリア担当のチームにいた。交際はわずか二週間あまりで終わってしまったけれど、母が心から彼を愛していたのは間違いないわ」

「お母さんは、きみという存在を彼に知らせなかったのか?」

「知らせようとはしたみたい。一度、シアトルの自宅まで行っているわ。でも出てきたのが奥さん、ヘレンだった。母は屈辱を噛《か》みしめながら立ち去り、二度と訪れることはなかった」

ソフィーの顔に目を凝らしたヴァンが、感心したように言った。「言われてみれば、確かに似ているところがある。エヴァ、ドリュー、マルコム、そしてきみ。目と眉の形がみんな同じだ。なぜ今まで気づかなかったんだろう」

「じゃあ、信じてくれるのね?　わたしのこと、彼らに近づこうとしているペテン師だとは思わない?」

ヴァンはぎょっとした顔をした。「思うわけないだろう。きみがこんな嘘をつかないといけない理由がどこにある?」

ソフィーは声をたてて笑った。「大ありかもしれないわよ。マルコムはお金持ちだし有名人だし。若い頃は女性関係も華やかだったらしいから、父親認知訴訟保険にだって入ってるかもしれない。だけど、わたしには関係ないわ。お金だの売名だのが目的ではないから」

「きみがマルコムの金を狙っているなんて、頭に浮かびもしなかった。金が欲しければ自分で稼ぐだろう。それだけの腕があるんだから」

「ありがとう。嬉《うれ》しい褒め言葉だわ。ついでにもうひとつ、秘密を教えてあげる。実はわたし、祖父母からかなりの遺産を相続しているの。イタルマーブル社のおかげで祖父は資産家だったのよ。だから、もしわたしのこだわりがお金だったとしたら、マルコムに近づく必要はまったくない」

「きみがこだわっているものは、何?」

「はっきり言葉にするのは難しいわ。たぶん、自分でもよくわかっていないんだと思う」

ソフィーは言った。「わたしとマルコムが交流するようになることを母は痛切に願っていた。だから、母との約束を果たしてそれを実現できたら、母をより近くに感じられるような気がするの。祖父母は数年前に亡くなったんだけれど、母は一人っ子だったのね。そしてわたしも一人っ子。だからきっと母は心配だったのよ。自分がいなくなれば可愛《かわい》いソフィーは天涯孤独の身、せめて実の父親と繋《つな》がっていてほしい――そんなふうに考えたんじゃないかしら」

「父親がマルコムであることは疑いの余地がないんだね？」

「母は死の床にあったのよ。いいかげんなことを言うわけがない。それでもね、わたし、エヴァのＤＮＡサンプルを鑑定に出してみたわ。ドリューたちの婚約祝賀会で、彼女のシャンパングラスをくすねて。エヴァは間違いなくわたしのいとこだった。そうして今回のサンフランシスコ行き。これはマルコムのＤＮＡサンプルを採取する絶好のチャンスだったわ」

「成功したのか？」

ソフィーはおずおずと微笑《ほほえ》んだ。「実は、ええ、したわ。ほら、マルコムのオフィスであなたに見つかったでしょう？　あのとき、バスルームに入り込んでコップをもらったの。その前にデザートフォークも手に入れていた。どちらもエアクッションでくるんでスーツケースにしまってあるわ。だから、あのときのわたしが挙動不審に見えたとしても無理はないわけ」

「恐れ入ったな」ヴァンがつぶやいた。

「客観的証拠が必要だったのよ。母は正直な人でした、わたしは嘘はつきません、なんて必死に言い張ることはしたくないもの。だから万全の準備をしておきたかった。でも正直なところ、また待つのかと思うといやになる。エヴァのDNA鑑定を依頼したときは、結果が出るまで四週間近くかかったの」

「待たなくていい。すぐ実行に移すんだ」

「これまでじっくり時間をかけてきたわ。ひたすらあの人たちを観察した。家族や親族のあり方っていろいろでしょう？　ぎすぎすしていたり、いがみ合っていたり。でも、今日の結婚式ではっきりしたわ。マドックスの人たちは違う」

「全然違う。良識のある、温かい人たちだ」

ソフィーは胸の前で腕を組んだ。不安だけれど、希望も湧いてきた。「あなたは彼らをよく知っているわよね。どう思う？　わたしが名乗りでても冷たく追い払ったりされないかしら？」

「ありえない。大歓迎されると思う。きみはまさしくマドックス家の一員にふさわしい女性だ。頭が切れてタフで、洗練されていて才能に恵まれている。マドックスという名の王冠に、またひとつ宝石が加わるんだ」

「やめて」ソフィーは笑った。

「事実を述べているんだ。容姿に関して言えば、彼らはとりわけすぐれた遺伝子を持っている。きみも例外じゃない」

ソフィーはバスルームを出てベッドに腰を下ろすと、サンダルのストラップをはずした。

「エヴァとドリューの両親が亡くなってからは、マルコムが親代わりだったと聞いたわ。だから心配なの。得体の知れない人物がいきなり現れてマルコムの娘だと申し立てたりしたら、二人の妬みや憎しみを買うんじゃないか……父親を横取りされたみたいな気持ちにさせるんじゃないかって」

ヴァンは肩をすくめた。「ドリューとエヴァがどう感じるかは誰にもわからない。人の心は複雑だからね。しかし、愚かさや悪意とは無縁な二人だ。たとえ面白くない気持ちをいっとき抱いたとしても、きっと乗り越える。自分たちがどうするべきか、適切に判断できるのがあのきょうだいだ。最後にはきみと出会えたことを心から喜ぶに決まっているさ」

ヴァンの励ましに安堵したら、また涙が込み上げてきた。ソフィーは笑いながら目を拭った。「希望的観測というやつね。ものすごく前向きだわ」

「前向きだが、希望的観測ではない」ヴァンは言った。「ドリューはいちばん大事な友人で、ぼくは心から信頼している。マルコムは尊敬できる大先輩だ。エヴァについてはこの二人ほど知らないが、ぼくと気が合う。ドリューはこの妹を崇拝しているし、ぼくはきみがどんな人か知っている。偉大なる女性だ。これで前向きになるなというほうが無理だろう？　すべての人にとってプラスしかない状況だ」

「素敵な考え方だわ、ヴァン。でも、何ごとであれマイナス面がまったくないわけはないでしょう」

「マイナス面なんて思いつかない。マドックス一族にとって、きみを迎えることは埋もれた宝を発見することだ」

「もう！　ちょっと調子に乗りすぎよ」ソフィーはヴァンを戒めた。「それでなくてもわたしったら、あのパーティーの最中に妄想を抱いてしまったんだから。ここにマドックス家の一員として母がいたかもしれない――わたし自身、身内としてこの場にいたかもしれない、なんて。失われた可能性のあれこれを考えた。もしかすると弟や妹ができていたかもしれないとか。ばかみたいよね」

「そんなふうに言わないでくれ」ヴァンは隣に腰を下ろすとソフィーの手を握った。

「すんだことだとわかってはいるのよ。過ちは過去のものであって、今さら考えても何も変わらないって」

「過去から学ぶことはできる。同じ過ちを繰り返さなければいいんだ」

ソフィーは彼にしかめっ面を向けた。「わたしは奥さんのいる人とつき合っていないわ。思いがけない妊娠もありえない」

「実は、自分の父親のことを考えていたんだ」ヴァンはそう言った。「父は決してガードを緩めない人だった。母に対しても、ぼくに対しても。おそらく戦闘によるＰＴＳＤのせいだったんだろう。父の心の傷は最後まで癒えることがなかった。きみのお母さんもそうだったんじゃないかな。心の中にはずっとマルコムがいたんだ」

ソフィーはうなずき、静かに言った。「確かに母のガードも強固だったわ。たまにデートすることはあっても、心を許した相手はいなかった。誰にも心を開かなかった。わたし以外の人には」

「ぼくたちはそうならないようにしよう」ヴァンはソフィーの手に唇をつけた。

ソフィーは小さく笑った。「不思議ね、あなたが相手だとガードするのを忘れてしまうわ。いくらがんばっても無理」

彼女の目を覗《のぞ》き込み、ヴァンは首を振った。「がんばらなくていい」

二人のあいだにシャボン玉が浮かんだようだと、ソフィーはその瞬間思った。欲望と予感をいっぱいにはらんだ、虹色のシャボン玉。今にも弾《はじ》けそうだ。

ソフィーは身を震わせた。恐れに。そして、期待に。

ヴァンの顔をソフィーは撫《な》でた。彼の隅々まで、どんな細かなことも覚えておきたかった。わたしの心を動かす人。体を燃え上がらせる人。このきれいな目。誠実な光をたたえた、濃い色の瞳。

ヴァンがゆっくりと腕を伸ばし、柔らかな薔薇《ばら》の裏の留め具をはずした。透けるように薄いストールの前を分け、肩から落とす。

ソフィーは髪を背中側へ払ったが、深く刳《く》れたドレスの胸もとを意識せずにはいられなかった。視線を落とせば、やはり手術の痕ははっきり見える。隠そうとして手がひとりでに持ち上がった。

先にヴァンの手が傷跡を覆った。心臓はドクドクと音をたて、激しくあばらを打っている。

「感動的だ」ヴァンが囁いた。

「え？」

「きみの心臓。大きな試練にさらされたのにそれを乗り越えて、今はこんなに力強く打っている」

ソフィーはにっこり笑った。「胸の中で競走馬が走っているみたい」そう言って両の腕をドレスから抜き、身頃の薄衣《うすぎぬ》を引き下ろした。

「ぼくも同じだ」かすれた声でヴァンは言うと、両手をソフィーの肩から滑らせ乳房に置いた。

今すぐ彼が欲しいと強く思った。焦《じ》らしたり焦らされたり、そんなゲームはまどろっこしい。だから自分でブラのホックをはずして脇へ放った。

ヴァンが立ち上がってタキシードを脱いだ。身につけているものを次々に脱いでは椅子に向かって放り投げる。椅子にかかるものもあれば、床に落ちるものもあった。でも彼はまるで気にしていなかった。ソフィーはベッドカバーを剥ぎ、ドレスとショーツを脱いだ。

裸体はすぐさまシーツに押しつけられた。

ああ、いい。大きな体の熱が伝わってきて、全身の細胞が目を覚ますようだった。ヴァンの肌は熱く、しっとりと汗ばんでいる。極上のウィスキーかコーヒーみたいに香《かぐわ》しい。彼が覆いかぶさってくると、ソフィーは歓喜の喘《あえ》ぎを漏らした。猛《たけ》りきったものが、ソフィーの最も敏感な襞《ひだ》に触れた。入ってはこず、とば口を先端がゆっくりと撫でる。一方で、キスは激しく狂おしく性急だった。

彼を望みの場所へ――奥深くへ――導こうとして、ソフィーはみずから動いた。初めのうちは緩やかに。けれどそれはすぐ、うめきながらの身もだえに変わった。

「焦らないで」ヴァンが囁いた。「待てば待つほど気持ちよくなる」

ソフィーは息を喘がせて笑った。「お願い。焦らさないで」

「じゃあ、今夜は許そう」ヴァンは体勢を整えると、前進した。

しびれるような快感に二人同時に吐息をついた。ヴァンが深く突くたび、ソフィーの全身がわななないた。体中のあらゆるところが悦《よろこ》びに目覚めた。体がまばゆい光で染め上げられていくようだった。彼のものが往復するごとに、ソフィーは輝きを増していく。

寄せては引く波のような動き。次の波が待ちきれない。もっと速く、もっと激しく。そう乞い願ううちに頂が訪れ、砕ける波にソフィーはのまれた。

地上に戻ったとき、まぶたを開くのが怖かった。昨夜と同じかもしれない。歓喜の余韻に心地よく浸っているのは自分だけで、ヴァンの目にはあの陰鬱な色が宿っているかもしれない。

しかし、そうではなかった。ヴァンは微笑んでいた。

「やあ」彼は言った。「おかえり。もう少しで捜索隊を出すところだったよ」

涙が出そうなぐらいソフィーは安堵した。「宇宙の果てまで吹き飛ばされたの。それはそれは美しかったわ」

「わかるよ。ぼくも見た」ヴァンはゆっくりとソフィーのヒップを撫でた。「信じられない美しさだった」

「ねえ……今夜は何が違うの？」

彼の手が止まった。「え？」

「あなたよ。昨日はセックスはすばらしかったけれど、あなたの表情は暗かった。それがどうして変わったの？」

ヴァンの顔に笑みが広がり、両頬にセクシーなえくぼができた。「きっとぼくもガードを解いたんだろう」

「憂いが晴れたみたいな顔をしてる」

ヴァンは訝《いぶか》しげに眉根を寄せた。「どういうことかな？」

「わたしが怖がらせたのね。ほら、さっきのこと。秘密を打ち明けるけど他言しないと約束して、なんて迫ったから。いったいどんな秘密だと思った？」

「これまでの経験からして、長年の秘密がいい話であることはまずない。いい話なら秘密にする必要もないわけだから」

「わたしたちの熱い関係は？」わざと大げさに目を瞬《しばたた》かせながら、ソフィーはいたずらっぽい顔で彼を見上げた。

「これ以上、秘密にしておくのは無理だ。きみには申し訳ないが、ぼくはもう耐えられない」

ソフィーは彼を睨《にら》んだ。「今はわたしの気苦労を増やさないでほしいんだけれど」

「朝まで一緒にいたいんだ。一緒に部屋を出て、二人で朝食をとりに行きたい。堂々と手を繋いで」

「タキシード姿で？」ソフィーはからかうように言った。「それはちょっと恥ずかしいわね」

ヴァンは笑った。「じゃあ、着替えてもいい。だが、服は問題じゃない。きみと一緒に朝食のテーブルにつきたいんだ。ぼくがきみのグラスにシャンパンを注《つ》ぎ、きみのブドウを剥く、それが大事なんだ」

ソフィーは吹きだした。「あら、それは大ごとだわ！」

「覚えているかい？ ビーチできみがなんと言ったか。どうすれば手を繋げるようになるのかとぼくが訊いたとき」

「覚えているわ」

「ぼくは覚悟を決めた」ヴァンは言った。「なんだってやる。手を繋いでビーチを散歩する権利、朝食のビュッフェでもどこでもきみとべったりくっついている権利、それを手に入れるためならなんだってやる」

「そう焦らないで」ソフィーは穏やかに言った。

「なぜだ?」ヴァンの意気込みは変わらない。「なぜ時間を無駄にしないといけない? ぼくはきみを見せびらかしたい。こんなにすばらしい宝を手に入れたんだぞと、世界中に触れてまわりたい。なりふりなどかまっていられない。きみを自分だけのものにしたいんだ」

「そう言われて悪い気はしないわね」ヴァンのお腹から下半身へと手を滑らせながら、ソフィーは言った。「ひとつ提案があるの。あなたの申し出を受けた場合、わたしが具体的にどんな得をするか、今ここで示してもらうというのはどう?」

「よし、わかった」ヴァンは言い、ソフィーの唇を唇で塞いだ。

16

「それじゃ、十二時ということで」ヴァンはレンタカー業者に念押しをして電話を切ると、バスルームのドアを開けた。

目を覚ましたソフィーが彼を見てにっこり笑った。艶やかな栗《くり》色の髪に幾筋か入れられたディープレッドのハイライトが、天窓から降り注ぐ朝の光にきらめいている。ソフィーが気持ちよさそうに伸びをすると、上掛けがよじれて魅惑的な体に巻きついた。

「誰と話していたの？」

「ごめん、起こしてしまったね」

ソフィーは時計を見るなり跳ね起きた。「大変！　リムジンが出ちゃう！」

「大丈夫だよ」

「あと十五分で出発の時間よ。なのにまだ荷造りもしていない！」

「きみはあのリムジンには乗らない。レンタカーを借りることにした。オープンカーだ。

きみが寝ているあいだにネットで予約しておいた。ここまで届けてくれるそうだ。今日は出社する必要はないし、天気もいい。二人で海沿いをドライブしないか？　夜まではシアトルに帰り着ける」ヴァンは言葉を切り、控えめに言い足した。「無理にとは言わない。きみが急いで帰りたいなら、それでもかまわないよ」

やっとソフィーが笑った。「すごく楽しそう」

「よし、決まりだ。車が届くのは正午だ。朝食をとる時間はたっぷりある」

「自分の部屋へこそこそと朝帰りする時間もね」ソフィーはからかうような調子で言った。

「タキシード姿を誰かに見られるかも」

「かまうものか」

だが、そこで昨夜のエロティックな光景が脳裏によみがえり、ヴァンの顔は赤らんだ。

「じゃあ、こうしましょう」ソフィーがもう一度伸びをすると、上掛けが腰のあたりまで落ちた。「着替えたら荷物を持ってここへ戻ってきて。そのあいだにわたしも荷造りをしておくわ。それから一緒に朝食をとりに行きましょう」

ヴァンはシャツのボタンを留めながらにやりと笑った。「ダイニングルームへ入っていくとき手を繋《つな》いでもいいかい？」

ソフィーは小首をかしげて思案した。「しょうがないわね。だけどブドウの皮は剥かないで。女子はどこかでけじめをつけないといけないの」

「わかった。ブドウの皮は剥かない」ヴァンは勢い込んで言った。

ベッドから出たソフィーが裸のまま歩いてきてキスをした。

「そんなことをしたら立ち去りがたいじゃないか」くぐもった声でヴァンはつぶやいた。

「それはあなたの問題」ソフィーが囁《ささや》く。「わたしは関係ないわ」

ヴァンは彼女を抱き寄せた。「くそっ。タキシード姿の朝帰りはもう少しあとだ」


ようやく二人がダイニングルームへ赴いたのは、朝食時間のピークをだいぶ過ぎてからだった。すでにチェックアウトした結婚式のゲストもいるようだが、それでも手に手を取った二人の姿に目を留める人はたくさんいた。ソフィーは自分の顔が熱くなるのがわかったが、これは象徴的な出来事だと思った。大きく一歩、前進したのだ。

ドリューとジェンナはすぐに気づいた様子で、ドリューはにやにや笑い、ジェンナは嬉《うれ》しそうに顔を輝かせている。エヴァが手をひらひらさせてウィンクをする。ヘンドリックと一緒に遠い席にいるベヴまでが、ソフィーに向けて投げキスをした。

ティム・ブライスはリチャードと一緒だった。どちらも睨《にら》むようにしてこちらを見ている。ソフィーは驚かなかった。昨日、リチャードを冷たくあしらったからだろう。でも、後悔はしていない。

「マルコムがいない」ソフィーは言った。「リムジンに乗ったのね。明日、面会の予定を入れてもらえるかどうか訊《き》きたかったんだけれど。あなたのアドバイスに従って、すぐにでも会って話そうと思うの。鑑定はあとからでもできる。証拠を示せと言われてからでも」

「あそこにシルヴィアがいる」ヴァンが顎で示す。「彼女にアポイントを取ってもらおう。マルコムがここにいたとしても、シルヴィアを通してくれと言っただろう。ほら、善は急げだ」

あれよあれよという間に事態が進んでいく。急《せ》かされているようでソフィーは落ち着かなかったが、先延ばしする理由もなかった。だからヴァンと一緒に、シルヴィアが食事しているテーブルに歩み寄った。

シルヴィアはコーヒーを飲んでいた。近づく二人を見た彼女の目が、何かを推しはかるようにカップ越しにきらりと光った。

「おはようございます、ヴァン。昨夜は忙しかったようですね」

「忙しいのはいつものことだよ、シルヴィア。ソフィーがマルコムとの面会を希望しているんだ。早いほうがいいんだけど、明日はマルコムは出社するかな?」

シルヴィアはバッグからタブレット端末を取りだすと、スケジュール管理アプリを開いた。「ラッキーでしたね。いつもなら火曜は出社なさらないんですが、結婚式やらサンフランシスコ行きやらでしばらく留守にしていたので、次の火曜、つまり明日は出ていらっしゃいます。十時半なら空いてます」

「それで結構です」圧倒されたようにソフィーが小声で言った。

「承知しました」シルヴィアはタッチペンで画面を叩《たた》いた。「明日《みようにち》、十時半にお入れしておきます」

二人は窓際の席を取った。コーヒーが運ばれてくるのを待つあいだ、ヴァンはソフィーの顔をじっと見ていた。「緊張しているね」

「展開があまりに急で。証拠集めに一生懸命になっていた頃のほうがまだ楽だったわ。自分がこんなに臆病者だとは思わなかった。次の鑑定結果を待たなかったのをちょっと後悔しているほどよ」

「明日は、ぼくも行こうか？」

ソフィーは微笑《ほほえ》んだ。「ありがとう。でも、これはわたしとマルコム、二人だけで話すべきことだから」

「いずれにしても、面会が終わったら一緒にランチをとろう。首尾をじっくり聞かせてほしい」

ソフィーは快諾した。やってきたエッグベネディクトをゆっくり時間をかけて楽しみ、二人は出発した。

あらゆる意味で最高の一日になった。洒落《しゃれ》た車、快適な天候、息をのむ絶景。でも、すばらしいのはそれだけではなかった。

ソフィー自身の気持ちが違った。体も心も温《ぬく》もりに満たされていた。ヴァンが隣にいる、ただそれだけで胸は高鳴り、ひとりでに笑みがこぼれる。頭に浮かぶ端からあれやこれやを語り合う二人のあいだに、気詰まりな沈黙はもう訪れなかった。しじまさえ、心と心が通い合う幸せな時間だった。

雲の多い空だが雨は降らず、ときおり太陽が顔を覗《のぞ》かせては海をきらめかせる。眺めのいい場所を通りかかるたびに車から降り、浜辺を裸足《はだし》でぶらぶら歩いた。お腹が空《す》けばボードウォークのレストランでフィッシュ&チップスと飲みものをテイクアウトした。こんなときのために、出発してすぐにヴァンは土産物店に寄り、砂浜に敷くブランケットを買ってあった。

その後はコーンアイスのダブルをそれぞれが頬張りながら、ミルクチョコレートとダークチョコレートの優劣について激論を闘わせた。いつまでたっても結論は出なかったが、途中で幾度も交換して味見する必要があり、それはじきに冷たいチョコレート味のキスに取って代わられるのだった。しばらくすると、通りかかった車の中から声がかかった。

「お二人さん、あっちにホテルがあるよ！」

ヴァンが名残惜しそうに体を離してつぶやいた。「それもいいな」

「ホテルに行こうとしてる？」

「今すぐに」

「そうしたいのはやまやま。でも、明日は大仕事が待っているのよ。できれば遅くならないうちに帰り着きたいわ」

「だったら、そろそろ出発したほうがいいかもしれない。それでもシアトルに着くのは日が暮れてからだな」

「ずっとこうしていたいけれど」ソフィーは言った。「あ、ほら、気をつけて。アイスが靴の上に垂れてる」

ふたたびドライブが始まった。幌《ほろ》を開いたので風の音で会話は難しかったが、シフトレバーやハンドルを操作するとき以外、ヴァンはずっとソフィーの手を握っていた。言葉を超越した感情が二人のあいだには流れていた。

ときおり見つめ合い、微笑み合うだけでじゅうぶんだった。バリアもガードも、そこにはなかった。

シアトルの街が近づくと、ヴァンがソフィーのほうを向いて言った。「帰りたいなら送り届ける。でも、ぼくの家も近い。ワシントン湖のほとりなんだ」

明日の面会を思ってソフィーは迷った。けれどヴァンといると勇気が湧いてくる。何も怖くない、すべてが愛《いと》しい、そんな気持ちになる。今、わたしに必要なのはそういう気持ちだ。

「荷物の中に、まだ着られる仕事用の服があるわ」

「鑑定結果のデータを取りに帰ったほうがいいのかな？　エヴァのＤＮＡ鑑定の結果」

「それはバッグの中のタブレットにも入ってるの。マルコムと対峙《たいじ》するための準備は完璧よ」

「じゃあ、来るかい？　このままうちへ向かってもいいかな？」

一呼吸だけ間を置いて、ソフィーはにっこり笑った。

「ええ」柔らかな声で言った。「あなたの家へ連れていって」

17

湖畔を周回する道路側から初めて見たときには、さほど大きいとは思わなかったヴァンの住まいだが、中へ入ると印象は変わった。裏手の湖に向かって間口が広く取られた豪邸だ。テラスからは湖が一望できる。エントランスを入るとそこは二階部分で、廊下を進むと両側にベッドルームが一部屋ずつ。玄関ホールから天窓の下の大階段を数段下りると広々とした多目的スペースがあり、そこにダイニングルーム、リビングルーム、キッチンが接している。どの部屋も、湖の側は全面ガラス張りだった。

「なんて素敵なの」ソフィーは感嘆のつぶやきを漏らした。

「褒められるべきはぼくじゃない。この家はドリューが設計したんだ。ぼくはただ漠然とした希望を伝えただけで、それを彼が形にしてくれた。正直、ここまでのものができるとはぼくも思っていなかった。世界的建築家を親友に持ったら、こんな特典がついてくるんだ」

ヴァンはソフィーの上着をかけるとキッチンの明かりをつけた。

「腰を据えて料理をする気分じゃないな。デリバリーもなかなかいいよ。タイ料理、日本料理、中東、インド。かなりうまいイタリアンもある」

「当然ながら、わたし、イタリアンにはうるさいわよ」ソフィーはからかうように言った。

「そんなにおいしいの？」

「食べてみればわかるさ」

「じゃあ、イタリアンにする」

ヴァンが引き出しからメニューを取りだした。「見るかい？」

「そこの料理をよく知っている人が選んだほうがいいわ」

ヴァンはスマートフォンを手にすると、赤ワインのボトルを開けながら電話をかけた。

「もしもし？……ああ、ヴァン・アコスタです。デリバリーを頼みたいんだ。まずは、スモークサーモン。それから、アーティチョークのサラダとスタッフド・マッシュルームと春野菜のフリット。あとスモークチーズのラビオリ、セージバターソース。フェンネルとオレンジのサラダに、カッチャトーレ・ソーセージ。そしてデザートはパンナコッタのブラックベリー添え。以上を全部、二人前ずつ……うん……そう。支払いはいつものカードで」

ソフィーは呆気《あっけ》にとられた。「すごい量。食べきれないんじゃない?」

ヴァンがワインを注《つ》いだ。熱いまなざしでじっと見られて、ソフィーの乳首がつんと尖《とが》る。

「こうしてきみを見つめるだけでもカロリーが消費されるんだ」彼はグラスを差しだした。

「テラスに出よう」

外へ出ると水の匂いがした。静寂に耳を澄ませば、小石を洗うさざ波の音が聞こえる。暗い湖面が街の灯を映して揺れている。風は水面《みなも》を撫《な》でる優しい手のようだ。

「きれい」ソフィーはそっと言った。「静かね。気持ちが安らぐわ」

「湖畔のこの土地を買ったのはぼくが先だったんだが、ドリューも湖が気に入って、近くに家を建てた。だからぼくらはご近所同士というわけだ。ドリューはここから一キロ少し行ったところに住んでいる」ヴァンはドリューの家のある方向を指し示した。

「いいわね、友だちがそんな近くにいて。お休みの日は一緒に出かけたりするの?」

ヴァンは鼻を鳴らした。「休みの日までは、なかなか。ドリューに会うのはほぼ職場に限られている。それも、彼がジェンナとつき合いはじめるまでの話だけどね。最近はめっきり会わなくなった。いや、親友の幸せを羨んでなどいないよ」ヴァンはソフィーに笑顔を向けた。「今はもう、まったく」

ソフィーはグラスを掲げた。「ドリューとジェンナに乾杯。彼らの幸せが末永く続きますように」

「ドリューとジェンナに乾杯」

二人はグラスを合わせ、ワインを飲んだ。ヴァンが手を伸ばし、ソフィーの頬を指の節でなぞった。「すごく柔らかい。きみの肌の柔らかさは天下一品だね」

「ふだんのわたしはガラス並みに硬いの」ソフィーは言った。「あなたに触れられると柔らかくなるみたい」

ヴァンが腕を下ろしてソフィーの手を握った。「ドアベルが聞こえるところにいよう。あの店、持ってくるのが早いんだ」

一杯めのグラスが空になるかならないかのうちに料理が届いた。ヴァンはそれを運び込むと、どこからかキャンドルと燭台《しょくだい》を持ちだしてきた。

二人でテーブルいっぱいに料理を広げ、ロマンティックな光に包まれながら晩餐《ばんさん》を楽しんだ。

いつしか会話は途切れがちになり、やがて濃密な沈黙が訪れた。どちらも甘やかな予感に胸を高鳴らせながら相手をじっと見つめる。

夢を見ているのかもしれないとソフィーは思った。けれど夢にしてはリアルだった。この幸せ、喜び、愛。もしかするとこの瞬間、自分の未来をも見つめているのだろうか？家庭を持つという未来、これまでどうしてもうまく思い描けなかった未来を。

こんな日が来るなんて想像もしていなかった。でも今は実感できる。これが、未来へと続く現実なのだと。

ヴァンが立ち上がって手を差し伸べた。「上へ行こうか？」

ソフィーも立って彼の手を握った。「案内して」

最高にエロティックな一夜になった。何度も激しく狂おしく求め合ったあとは、合間合間にからみ合ったまま浅くまどろみながら、ゆったりとした営みを重ねた。

ヴァンは幸せすぎて眠れなかった。ソフィーの髪を撫でるだけで喜びに喉が詰まり、胸が苦しくなった。体も心も彼女を求めてやまず、欲望は永遠に高まりつづけるかのようだった。

空が白みはじめた。湖面に霧が立ち込める光景はひどく幻想的だった。ここは二人だけの愛の国——何ものも入り込むことはできない。

うっとりと見つめ合い、見るだけでは飽き足らなくなると口づけを交わし、互いの肌を味わい、撫でさすった。ソフィーは彼のものを大胆に愛撫《あいぶ》しながら、しなやかで熱い深みへと導いた。やがて一体となった悦《よろこ》びがそれぞれの内側でうねり、高まって、ついには波が頂点に達して砕け散った。

そのあとも二人は離れることなく互いの瞳を覗《のぞ》き込み、ソフィーはヴァンの胸を指でなぞった。

「驚きだわ」

「どれのことを言っている？　このところ驚くことだらけだ」

「自分の心のガードがとても緩くなったこと。いえ、緩くなったどころじゃない。ガードなんてどこかへ飛んでいってしまった」

「ぼくも同じだ」

「それは快適？」ソフィーはためらいがちに尋ねた。

「もちろんさ」ヴァンは力強く言った。「ガードをもとに戻さないようにしよう。きみとぼくのあいだでは」

ソフィーは彼の手を口もとへ持っていくと指の節にキスして、そっと囁《ささや》いた。「約束ね。これは誓いのしるし」

その囁きの意味が胸に落ちるにつれ、ヴァンの喜びは大きく膨らんだ。何か清らかで尊い領域に自分たちは足を踏み入れようとしている。そのことに気づくと謙虚な気持ちにもなった。ソフィーに信頼されている、これは神からの貴重な賜《たまもの》だ、と心から思えるのだった。

ああ、よりよい人間になろう。彼女から信頼されるに足る人間、その信頼に十二分に応えられる人間に、ぼくはならなければいけない。

「もう起きる時間？」

「まだ早いが、すっかり目が覚めてしまった。今日はきみにとって重大な日になるんだ。力が出るような朝食を準備するよ」

ダイニングルームには昨夜の宴《うたげ》の残骸がそのまま残っていたから、ヴァンは朝食用テーブルに皿を並べた。洗い髪のソフィーが彼の青いバスローブを羽織って下りてきたのは、ソーセージ、イングリッシュマフィン、オレンジジュース、コーヒーをテーブルにセットし終えたときだった。次いでヴァンは焼き上がった目玉焼きを皿に移した。彼女の卵は二個、自分の分は四個。これほど腹が減ったのは高校生の頃以来だった。

「すごい」ソフィーが感嘆の声をあげた。「わたしをこんなに甘やかしたなんて、人には言わないほうがいいわよ」

ヴァンは彼女のカップにコーヒーを注いだ。「誰に知られたってかまわない。神さまの前だろうがどこだろうが、ぼくはきみを甘やかす」

「あら」腰を下ろしたソフィーは微笑《ほほえ》みながらコーヒーをすすった。「スキャンダルが巻き起こるわ」

「上等だ」そう言ってからヴァンは続けた。「気持ちが高ぶっているのが自分でもわかるよ。ちょっと落ち着いたほうがいいな」

「いいえ、そのままでいて。見ているこっちまで高ぶりそう」

二人の視線がからみ合い、空気が張りつめた。

ソフィーが先に笑いだし、目をそらした。「今はだめ。時間がないわ」

「時間ができたら、すぐにでもまたきみを甘やかす。頭がくらくらするほど甘やかしてやる」

「ええ、楽しみにしているわ」

食事の途中でヴァンは気づいた。つき合っている相手と朝食を共にするのは初めてだということに。誰と関係を持っても朝まで一緒にいたためしはなかった。いたいと思ったことが一度もなかった。

ソフィーとだと、何もかもがこれまでと違う。すべてが新しい。

食事がすむとそれぞれ身支度をした。シルバーグレーの麻のチュニックとワイドパンツを着こなすソフィーは相変わらず美しかった。同じくグレーのパンプスを履き、波打つ髪は編まずに下ろしている。唇は艶のある赤で彩られ、琥珀《こはく》色の瞳は神秘的な光をたたえていた。

ヴァンを見やって彼女は言った。「素敵なスーツね。わたしたち、いい線いってるんじ
やない?」

「オープンカーで出社しようか?」

「いいわね、と言いたいところだけれど」ソフィーは残念そうに微笑んでかぶりを振った。

「髪が大変なことになっちゃうわ。今日は無理」

「わかった。じゃあ、ぼくのジャガーで行こう」

シアトルの朝の渋滞はいつもながらひどいものだったが、今日のヴァンは少しも苛々《いらいら》し
なかった。道が混んでいればそれだけ長くソフィーと一緒にいられるのだ。それに、起き
たのが早かったから時間はまだたっぷりあった。

「正面入り口で落としてもらえる?」ビジネス街の中心へ近づくとソフィーが言った。

「みんなが出てくる前にやっておきたい仕事があるの」

ヴァンは社屋の正面に車をつけた。「十二時十五分にきみのオフィスへ迎えに行くよ」

ソフィーの顔に迷いの影がよぎった。「どこかの店で待ち合わせたほうがよくないかし
ら。今は、まだ」

ヴァンはきっぱりと首を振った。「その段階は過ぎた。前へ進むんだ」

ソフィーが顔をほころばせた。ヴァンをぞくりとさせる笑みだった。「今日は燃えてるわね、ヴァン」

「きみが火をつけたんだ」

ソフィーは楽しそうな笑い声をあげた。「わかったわ。それじゃ、オフィスで待っている。あとでね」

「幸運を祈る。うまくいくに決まっているけどね。マルコムはきっと喜ぶよ」

彼女の笑顔にヴァンはまたうっとりとし、遠ざかる後ろ姿に見惚《みほ》れた。挙句、後ろの車のけたたましいクラクションを浴びるはめになった。

高揚した気分のままオフィスで仕事をしていると、ザックが顔を覗かせた。

「よう」ザックは片手を上げた。「これからマルコムのところへ行くんだが、その前に結果を手短に聞かせてもらえるかな」

ヴァンはきょとんとして相手を見つめ返した。「結果？」

ザックは眉をひそめた。「情報収集の結果だよ。ソフィー・ヴァレンテについて。サイバー泥棒の正体を突き止めるんだろ？」

「ああ、あれか。答えは一言、彼女じゃない。見当違いだ」

ザックの顔がこわばった。中へ入り、後ろ手にドアを閉める。「確かなのか？　証拠はあるのか？」

「有罪を証明するのに必要なのが証拠だ。無罪の場合は必要ない。ぼくは彼女のことをよく知っているんだ」

「彼女の何を知っているんだ？　体か？」

ヴァンは立ち上がった。「おい」

「すまん。不適切な発言だった」

「ああ、そうだな」ヴァンは歯を食いしばるようにして言った。「ソフィー・ヴァレンテが何を求めてマドックス・ヒルへ来たか、ぼくは知っていると言っているんだ。それは金じゃない」

「だったら、なんだ？」

ヴァンは言いよどんだ。「それを明かすのは本人だ。ぼくからは言えない」

「それなら彼女は急いだほうがいい。弁明する心の準備もしておくことだ。ついに尻尾をつかんだとティムは言ってる」

「ティムのやつ、またいいかげんなことを」

「おまえの言い分を否定したくはないが、ティムが本当に決定的証拠を手に入れたんだとしたら、ソフィーはいよいよ厄介な立場に追い込まれるぞ」

「ありもしない証拠を手に入れるなんて不可能だ」

「とにかくティムは今、マルコムのオフィスにいる。これまでの経緯を説明しているはずだ」

「しかしソフィーがマルコムと面会することになっているんだぞ。十時半だから、もうすぐだ。ぼくら三人がマルコムにこの件を明かすのは明日のはずだったじゃないか」

「今日はマルコムの出社がいつもより早くて、アポを詰め込みすぎだとシルヴィアに文句を言っているのを聞いた。どうやらティムは明日まで待てなかったみたいだ。今朝会ったが、一刻も早く証拠を見せたいと浮き足立っていた。ぼくもこれからマルコムのところへ行くんだが、まずはおまえの話を聞いてからと思ったんだ」

「ティムがマルコムに見せるものなど、あるわけがない。ぼくが行ってマルコムと話をする」

「いや、待て。今のおまえはソフィー・ヴァレンテの弁護人として適任とは言えない。それを忘れるな」

「ぼくが彼女を愛しているからか？　何も恥ずかしいことはしていない」

ザックは呆《あき》れたように顔をしかめた。「参ったな。ここまでとは思ってなかった。処置なしだな」

　ヴァンはすでにオフィスを飛びだしていた。ザックが追いついてきて一緒にマルコムのオフィスへ向かう。近づくとシルヴィアが非難がましい顔でこちらを見た。

「マルコムに会いたい」ヴァンは言った。

「おはようございます。あいにく今はお通しできません。ティム・ブライスが面会中なので。ちょっと……ヴァン！　だめですってば！」

　奥の部屋のドアがいきなり開いてマルコムが顔を出した。「シルヴィア！　大至急ザックとヴァンをここへ――なんだ、いたのか。早く入れ」

　二人はシルヴィアの脇をすり抜けてマルコムのオフィスへ入った。

　シルヴィアが戸口から声をかけた。「皆さん、コーヒーか――」

「そんなものは暇なときにおのおの部屋で飲めばいい！」マルコムが語気も荒く言った。「しばらくこっちにはかまうな」

　シルヴィアは慌ててドアを閉めた。

　怒りに顔をどす黒く染めたマルコムが、ヴァンたちに噛《か》みつく。「わたしに隠し事をしていたな」

「いいえ、隠し事などしていません」ザックが淡々と答えた。「いつもどおり業務を遂行していました」

マルコムはヴァンを手で示した。「彼のこのところの仕事ぶりを見ていたが、感心はできんな」

「誤解してらっしゃいます」ヴァンは言った。

「いやいや」そう口にしたのはティム・ブライスだった。「誤解どころか、ミスター・マドックスは真実をご存じだよ。真犯人もね」何が面白いのかティムはくつくつと笑ったが、ヴァンに冷ややかに一瞥《いちべつ》されると笑いを引っ込めた。それでも、勝ち誇ったように言う。

「犯人は彼女だよ。動かぬ証拠をミスター・マドックスにお見せしたところだ」

悦に入ったようなティムの顔を、思いきり殴りつけてやりたいとヴァンは思った。

「彼女の何をわかったつもりでいるんだ」

「つもりも何も、ぼくは事実を把握しているんだ。きみも自分の目で見てごらんよ。ミスター・マドックスのパソコンに入った情報を盗むソフィー・ヴァレンテの様子を。ちゃんと録画されてるから」

「ありえない」

「いいや、事実だ」マルコムがむっつりと言った。「わたしは見た。タイムスタンプも確認した。着ているのは結婚式のときと同じドレスだった。場所はわたしが宿泊したキャビンに間違いない。あれはどう見てもソフィー・ヴァレンテだ。わたしとしたことが、大事な甥《おい》の結婚式に泥棒猫を招待してしまったとはな。とんでもない女を自分の大切な者たちに関わらせてしまった。チャン・ウェイとの会合ではやりとりをすべて聞かれている。なんたることだ」

「彼女に関する情報をもっと集めてから調べを進めようというのが、ヴァンの意見だったんですがね」ティムは嫌みたっぷりな口調で言った。「どうやら彼は、われわれが夢にも思わなかったやり方で情報収集に励んでいたようで」

ザックが鋭く息を吐いた。「映像を見せてもらおうか」

一同は机を回り込み、モニターを取り囲んだ。ティムが説明を始める。「ミスター・マドックスのキャビンへ通じる遊歩道に複数のカメラを仕掛けておいたんだ」

「それはまずいんじゃないか」ザックが言った。「個人情報保護法に――」

「黙って見るんだ」マルコムがさえぎった。「まずは遊歩道の映像からだ」

ティムがマウスを操作すると、録画の再生が始まった。映しだされたのはパラダイス・ポイントの遊歩道だった。風にそよぐシャクナゲの枝が、色褪《いろあ》せた踏み板に影を投げかけている。

ソフィーが現れた。足早に目的の場所へ向かっていく。立ち止まり、眉をひそめ、金色に光る腕時計で時刻を確かめる。そうして、すっと画面の外へ消えた。

「今のはソフィー・ヴァレンテだった。それは間違いないだろう？」ティムが尋ねる。

その問いをヴァンは無視した。「録画された時刻は？」

「午後三時五十一分になってるね」ティムは答えた。「あと十分もしないうちに結婚式が始まる。絶妙なタイミングだよ。みんなもう会場に集合しているから、あたりは無人だ。次は、ほら」ティムは動画を早送りし、ふたたびドレスのピンク色が見えたところで通常の再生に切り替えた。

どこかから戻ってくるソフィーだった。やはり眉根を寄せている。髪が風にあおられて顔にかかる。小走りと言っていいぐらいの急ぎ足だ。

「さっきから四分二十五秒たってる」ティムが言った。「このあとエントランスホールにいる彼女をリチャードが見つけて、式に遅れるよと声をかけた。で、一緒に式場へ来た。そのあたりは皆さん、お気づきだったと思いますがね」

ヴァンはティムの顔を見据えた。「ソフィーから聞いたんだが、式の開始時刻ぎりぎりになって、ホテルのスタッフを名乗る女性から至急ミスター・マドックスのキャビンへ行くよう告げられたそうだ」

マルコムが冷笑混じりに言った。「わたしのキャビンへ？　式の間際に？　いったいなんのために？　ばかばかしいにもほどがある！」

「ソフィーもそう思ったそうです。その女性が言うには、あなたに急に通訳が必要になったと。当然ながら、ソフィーがキャビンのドアをノックしても返事はなかった。少しのあいだ彼女はそこで待って――」

「四分二十五秒だね、正確に言うと」ティムが口を挟んだ。「彼女がキャビンの中にいた時間は」

「ソフィーは中へは足を踏み入れていない」ヴァンは反論した。「そのままフロントへ戻り、そうして彼女をミスター・マドックスのキャビンへ行かせたスタッフのことを尋ねた。すると、従業員の中にそんな名前の人物はいないと言われたんだ」

「ほほう」マルコムが嘲るような声をあげた。「それはまた都合のいいことだな」

「問題の四分あまりのあいだにキャビン内で何があったか、見てみたい気持ちはあるかい？」ティムがヴァンに向かって言った。

「さっさと見せるんだ、ブライス」マルコムが唸《うな》るように言った。「人をいたぶって面白がっている場合ではない」

ティムはカタカタとキーボードを叩《たた》いた。「その前に、録画のコピーをきみに送っておくよ、ヴァン。暇なときにでも一人でじっくり見るといい」そう言って意味ありげにヴァンをちらりと見た。「そうして彼女との思い出に浸るんだね」

「ブライス！」マルコムが怒鳴った。「たった今、わたしはなんと言った？」

「すみません」ティムは再生ボタンを押すと、後ろへ下がった。「ではでは、楽しんでくれたまえ」

机が接している壁の上方から撮影されたものらしかった。室内は薄暗い。開かれたパソコンを前に、椅子に腰を下ろす黒い人影。

影が手を伸ばしてマウスに触れる。パソコンが起動し、青みがかった光の中に人の姿が浮かび上がる。

ソフィーだった。結婚式のときと同じシルクシフォンのドレスを着ている。穏やかな表情できびきびとキーボードを叩き、スマートフォンを画面に向けて構える。先週、サンフランシスコ出張の前にティムに見せられた映像でしていたように、パソコンの画面を撮影している。

「パソコンにはダミーのファイルを入れておいた」ティムが言った。「彼女のためにね。いかにも本物っぽく見えるけど、ディテールはでたらめだ。買い手は激怒するだろう。おいたをした女の子はお仕置きを受けるかもしれないね」

ヴァンは低い声を絞りだした。「よくも彼女のことをそんなふうに――」

「それ以上言うな」マルコムがさえぎった。「人を非難できる立場か」

録画の再生は続いていた。ソフィーが静かに画面に見入っている。スマートフォンを手に取る、構える、撮影する。手に取る、構える、撮影する。きれいにセットされた髪のウェーブが肩のまわりに広がっている。

やがて彼女はスマートフォンをビーズバッグにしまうと、パソコンをスリープ状態にした。不鮮明な影となった彼女が暗がりを移動し、ドアが開き、一瞬光が入り——映像は途切れた。

ヴァンは体に根が生えたように動けなかった。脳が凍りついている。得た情報を処理できない。あのソフィーが、愛するソフィーが——まさか、こんなことをするわけがない。こんなのは……嘘だ……ありえない。

「どうだい?」ティムの声がした。「納得したかい、ヴァン?」

「納得したかというと語弊があるが」そう言ったのはマルコムだった。「これが動かぬ証拠であることは間違いない。彼女の仕業だと信じるのにこれ以上のものは必要ない。もはや申し立てることは何もなかろう、ヴァン?」

「彼女の言い分も聞いてやってください。なんらかの事情があるんです、きっと。われわれの知りえない何かが——」

「どんな事情があってわたしのキャビンへ忍び込むのだ？　忍び込むといえば、サンフランシスコでも同じことがあったな。覚えているか？　きみたち二人をわたしのオフィスで発見したんだった。あれは彼女が先に入り込んでいたのか？」

ヴァンは声を絞りだすようにして答えた。「はい。わずか数分の差ですが。彼女があそこへ向かうのを見て、あとを追いました。何か企《たくら》んでいるのではないかと思って。しかし、そうではなかった」

「では、あそこで落ち合う約束をしていたのではないのだな」マルコムは追及の手を緩めない。

「違います」しかたなくヴァンは認めた。「ぼくがいるのを見て彼女は驚いていました」

「で、犯行からきみの注意をそらすために誘惑しようとした」ティムがにやにや笑いながら言った。「古典的な手口じゃないか。お色気全開で男を惑わす。きみは同情されるべきかもしれないなあ。ぼくはしないけどね」

「やめるんだ、ブライス。面白がっている場合か」マルコムがたしなめる。「つまり彼女はあそこでもわたしのパソコンをいじっていたわけだな」

「違います。彼女はパソコンには近づいてもいません。バスルームにいたんです」

「ほう。用を足す場所ならもっと手近なところにもあったはずだが、それではだめだったのか？」

ヴァンは答えなかった。頭が麻痺《まひ》してしまったかのようだ。

「さてと、ヴァン」マルコムの口調がわずかに変わった。「きみの出番だ」

ヴァンは当惑して相手を見つめ返した。「はい？　出番とは？」

「きみがやるべき仕事ができたではないか。彼女をいちばん知っているのはきみだからな」

「仕事？」

マルコムはふたたび苛立ちを露《あらわ》にした。「とぼけるのもいいかげんにしろ。彼女にこれまでの行状をすべて吐かせるのだ。何をしたか、いくら懐に入れたか。細かいところまで、一ドル単位までだ。彼女のことが少しでも気にかかるなら、やるしかないぞ。調べに協力するよう説得しろ。本人が全面的に協力するならば、可能なかぎり穏便にすませてやってもかまわない」

口がからからに干上がった。絞りだした声はやすりをかけたかのようだった。「できません」

「きみがそれをやらねば、彼女は人生最良のときを牢獄《ろうごく》で暮らすことになるのだぞ。わたしを悪者にしてくれるな、ヴァン。助けるのだ、わたしを。そして彼女を」

内線電話が鳴った。「ミスター・マドックス？」シルヴィアの声が流れる。「十時三十分に面会予定のミズ・ヴァレンテがお見えです。そちらのお話し合いが終わるまで待ってもらいますか？　それとも日時を変更いたしましょうか？」

「いや、通してくれ」

「よろしいんですか？」シルヴィアは戸惑っている。「まだ皆さん、そこにいらっしゃるのに」

「かまわん」マルコムは三人をじろりと睨《にら》んだ。「白黒つけようではないか」

最悪のシナリオがすさまじい速さで進行していく。ヴァンは恐怖に身がすくむ思いだった。やがてドアが開き、ソフィーが入ってきた。

その瞬間、不意にヴァンはごく基本的な法則を思い出した。以前は無意識のうちに身につけ、運用していたのに、愛という感情のせいで忘れてしまっていた。

そう、勝利が確約されないかぎり、決してガードを緩めてはならない。

18

マルコムのオフィスへ足を踏み入れたとたん、ソフィーは立ちすくんだ。先客が何人もいた。中にはヴァンの姿もある。

彼はにこりともしない。むしろ顔をこわばらせている。その表情は、ソフィーの記憶にある何か悲しいもの、痛々しいものを連想させた。

ああ、そうだ、母の顔だ。最後の一週間、母はすさまじい痛みを感じているのに、表に出すまいとして血の気の失《う》せた顔をこわばらせていた。

ソフィーは思わずヴァンに、具合でも悪いのと尋ねそうになった。が、そのときマルコムが口を開いた。

「おはよう、ミズ・ヴァレンテ」

ソフィーはマルコムのほうへ振り向いた。机の向こうで彼と並んでいるのはザック・オースティンと、こともあろうにティム・ブライスだ。

「申し訳ありません、お邪魔でしたね」ソフィーはうつむいた。「出直して――」

「それには及ばない」マルコムは言った。「さあ、話したまえ。なんなりと聞こう」

ソフィーは戸惑った。何かおかしい。異変のまっただなかに放り込まれた感じだ。さっぱりわけがわからない。「本当にいいんでしょうか――」

「かまわん。言いなさい。言ってしまったほうがいい」

本当に……いいんですね。だったら、わかりました。ソフィーは心の中でそうつぶやくと、そっと深呼吸をした。

「個人的な事柄なので、本当は二人きりのほうがよかったのですが」

マルコムは濃い眉の下からソフィーを見据えた。「それは違う」そう断言する。「きみは彼らの前でしゃべらなければならん」

いったいこれは何？　ソフィーはぞくりとした。けれど、首をひねりながらすごすご逃げ帰るような真似《まね》はできない。そんなことをしたら、やましいところでもあるかのようだ。誰がいようとかまうものか。母のためにやらなければ。もしも失敗に終わったら、この場所に永遠に別れを告げ、どこか別の土地で新たなスタートを切ろう。

ソフィーはちらりとヴァンを見た。微笑でも目配せでもいい、彼が何か返してくれることを期待していた。一人ではないとあらためて思わせてほしかった。

けれどもヴァンはこちらを見ようともしない。ソフィーの胸に不安が兆した。

「重大かつ個人的な話です。わたしたち双方に関係することです」

「聞かせてもらおう」マルコムは促したが、机の近くへ来いとも椅子にかけろとも言わなかった。

ティムが椅子を引き寄せてどさりと腰を下ろした。これから始まるアトラクションをじっくり見物しようとでもいうような態度だ。

「ティム」ザックが低く声をかけた。「何も言うな」

「一言もしゃべってないじゃないか。ショーを楽しませてもらうだけさ」

ソフィーは頭にきた。もう黙っていられなかった。「あなたが見たって面白くもなんともないわよ、ティム」

「見てみないとわからないだろう?」

それ以上彼にはかまわず、ソフィーはマルコムの机につかつかと歩み寄った。呼ばれていなかろうが関係ない。ドアのそばで縮こまっているつもりはなかった。隙あらば逃げだそうとしている子ウサギではあるまいし。

すっと背筋を伸ばすと、ソフィーは落ち着いた声ではっきりと言った。「やっとお知らせする決心がついたので、今日こうしてうかがいました。実はわたしは、あなたの実の娘なんです」

マルコムはまったくの無表情だった。息詰まるような沈黙が続いた。

その沈黙をソフィーは破りたかったが、次は向こうの番だ。ティムの口はぽかんと開いたまま閉まる気配がない。ザックは驚愕《きょうがく》の表情を顔に貼りつけている。衝撃を受けていないのはヴァン一人だが――依然として彼は、深い苦悩をひた隠しにしているような顔つきだ。

ソフィーはマルコムに目を戻した。彼はうつむいていた。

「そうか……ヴィッキーか」かすれた声で言ってから、マルコムは咳払《せきばら》いをした。「きみはヴィッキー・ヴァレンテの娘なのだな？　言われてみれば、面差しがよく似ている。同じ姓だということには気づいていたが、珍しいものではないから親子だとは思いもしなかった」

親子なんです。あなたとも。

「では、母のことを覚えていらっしゃるんですね？」

マルコムは手で両方の目を覆った。「覚えているとも。彼女は元気にしているかね？」

「亡くなりました。去年の四月に。膵臓《すいぞう》がんで」

ふたたび目を押さえたマルコムは、一分近くもそうしていた。それから大きく咳払いをした。「それは非常に残念だ。心から哀悼の念を捧《ささ》げる」

「ありがとうございます」ソフィーは戸惑いつつ礼を述べた。そうしてじっと立ったまま、次の展開を待った。居心地の悪い静寂に包まれて。

妙だった。最も難しい局面は脱したはずだ。マルコムはソフィーを追い払いも怒鳴りつけもしなかった。一笑に付しもしなかったし、嘘つき呼ばわりもしなかった。母のことを、そんな女は知らないとも言わなかった。ソフィーが恐れていたそれらの事態は、どれも起きなかった。

なのにどうして、空気がこんなにも重いの？　どうしてヴァンもザックも、死刑執行を見せられるような顔をしているのだろう？

一方ティムは、ポップコーン片手に映画でも観《み》ているかのように、どこかわくわくした様子だ。

「では、信じてくださるんですね？」ソフィーは口を開いた。「わたしはニューヨークで生まれました。あなたと母が共に携わっていたフェルペス・パビリオンのプロジェクトが終了した九カ月後に」

「疑う理由はない」マルコムの口調は淡々としていた。

ソフィーはバッグからタブレットを出してファイルを開いた。「これがわたしの出生証明書です。それと、少し前にエヴァのＤＮＡを鑑定してもらったんですが、その結果がこちらです。ご覧のとおり、近い血縁であるのはほぼ確実とのことです。少なくとも、いとこではあると」

「そうか」マルコムはただそう言っただけで、出生証明書やＤＮＡ鑑定の結果を見るために身を乗りだしたりはしなかった。

「実は、サンフランシスコであなたのＤＮＡサンプルを採取させてもらいました。もちろんわたしは母の言葉を疑ってなどいません。ただ、あなたに見せるための客観的な証拠が欲しかったんです。それでフォークと、バスルームのコップを持ち帰りました。でも、鑑定結果が出るまで待ちきれなかった。秘密を抱えていることの重圧に、もう耐えきれなくて」

「いろいろと辻褄《つじつま》は合うね」ティムが横から言った。

マルコムが制する。「口だしは無用だ、ブライス」

ティムは唇のファスナーを閉める仕草をした。

ソフィーはほかの三人を見まわすと、ついに両手を投げ上げた。「いったい何がどうなっているの？」

だが、誰も答えない。

「ねえ!」ソフィーは食い下がった。「なんなの? 何かわたしに隠している?」

「ひとつずつ片づけていこうではないか」そう言ったのはマルコムだった。「なぜ、すぐに名乗りでなかった? きみがうちに入ったのは数カ月も前だ。どうして今まで黙っていた?」

「客観的、科学的な証拠を揃《そろ》えたかったからです。度胸もありませんでした。いきなりあなたの前に飛びだしていって、こんな告白をするだけの度胸が」

「なるほど。で、何が望みだ?」

ソフィーは内心で怯《ひる》んだ。予想できたこととはいえ、ショックだった。マルコムは当然のようにこちらが金目当てだと決めつけている。

「お金ではありません。もし、そう考えていらっしゃるなら見当違いです。わたしには努力して手に入れた専門的な仕事があります。その気になれば世界のどこでも余裕を持って暮らしていけます。母方から受け継いだじゅうぶんな動産、不動産もあります。シンガポール、ニューヨーク、キャッツキル、フィレンツェ、ポジターノに家も所有しています。あなたからは一ドルだってもらう必要はないんです。もっと言えば、働く必要だってない。でも、日々を無為に過ごすのは性に合わないんです。能力を試される仕事をせずにはいられません」

マルコムがまた咳払いをした。「それだけの情報をいちどきにのみ込むのはなかなか骨が折れるな。本当に経済的に自立できているのならば、何をわたしに求めているのだ、ミズ・ヴァレンテ？」

それを問うのか。ならばやはり、前途多難だ。

「どうかソフィーと呼んでください」硬い声で言った。「母に言われたんです。あなたに会いに行くようにと。今際《いまわ》の際《きわ》の言葉でした。あなたとわたしが近しくなるのが母の願いだったんです。わたしが天涯孤独の身になるのを心配していました。ですからわたしが今ここにいるのは、ほぼ母のためです。娘として名乗りでると、母と約束したからです」

マルコムと見つめ合ううち、ソフィーの心は沈んでいった。マルコムは怒っているようには見えなかった。逃げ腰でもなければ、疑いを抱いているようでもない。ただ悲しげな顔をしている。

「わたしという存在をあなたに知ってもらえればそれでいいんです」ためらいがちにソフィーは言った。「娘であると認めてもらえれば。そのうえで大人同士、少しずつでも交流を深めていければ何よりですが。ここでの仕事はとても楽しくてやりがいがあります。会社のために全力を尽くしてきました。ゆくゆくはいとこたちとも親しくなれたらと思っています。エヴァとドリューはとても魅力的な人たちのようですから」

マルコムは黙ったままうなずいた。

ソフィーはタブレットをタップして写真のファイルを開いた。「母とわたしの写真です。よかったら見てください」

今度はマルコムもこちらへ身をかがめた。自身で画面に指を滑らせ、五十枚以上の写真を見た。一枚一枚にじっと目を凝らして。そうして一通り見終わると彼はファイルを閉じ、タブレットをぐいと押しやった。「もう結構」

ソフィーはタブレットをバッグにしまった。「それで、今後のことですが――」

マルコムが腕組みをした。「それはきみがどうするかにかかっている」

「わたしが?」わけがわからず、ソフィーはかぶりを振った。「いえ、わたしはもう行動を起こしました。次はそちらの番です。応じるか応じないか、お好きなように決めてください」

またしてもマルコムは冷ややかな目でソフィーをじっと見つめた。相手がまだ何か言うのを待ってでもいるかのように。

早く貸しを返せとでもいうように。

むしろ逆ではないだろうか。ソフィーは彼にすべてを提示したのだ。大切な思い出の数々まで見てもらった。あの写真のファイルを人に見せるのは、心の一部をちぎって相手に手渡すも同然だったのだ。手渡しながらも、こちらの顔めがけて投げ返されるのではと緊張に身をこわばらせていた。

マルコムが苛立《いらだ》ちを露《あらわ》にして吐息をついた。「ミズ・ヴァレンテ。きみがわざわざわたしに面会を申し込んだのは、ほかに重要な話があるからではないのかね？」

ソフィーはますます混乱した。「どういう意味でしょう？　今の件は、そこまで重要なことではないと？」

「出自を明かすだけがここへ来た目的ではなかろうと言っているのだ」

その場にいる男性たちの顔を、ソフィーは順番に見ていった。得体の知れない罠《わな》に自分がはまりかけているような、いやな予感がしはじめた。

ソフィーは首を振った。「ほかにお話しすることはありません。これが今日の目的のすべてです」

「とぼけるのもいいかげんにしないか！」マルコムが机を平手で叩《たた》いた。のっているものがカタカタと揺れるほど強く。

ソフィーは驚いて後ずさった。「とぼけるとは、いったいなんのことですか？」

「一人できみを育てた母親に免じて、今回だけは見逃してやってもいいとわたしは考えている。だがそれも、きみが洗いざらい白状すればの話だ！」

「何を白状するんですか？　見逃すって、何を？　そちらこそ、ちゃんとわかるように説明してください！」

マルコムはかぶりを振った。「内部調査に協力するのなら、そして二度とマドックス家に近づかないと誓うなら、警察沙汰にはしないでおいてやる。とにかく、まずは正直に話しなさい」

「本当に、何をおっしゃっているのか――」

「気持ちはわからんでもない。わたしがきみだったとしても同じことを考えたかもしれん。わたしを恨み、復讐《ふくしゅう》してやろうと」

「復讐？　もしかして――」ソフィーは驚きに息をのんだ。「まさか、マドックス・ヒルの知的財産を中国企業に売ったのがこのわたしだとお考えですか？」

「ほう、その件を知っているのだな」

「当然です！　入社してすぐに気づきました。でもまだ社内の誰を信じていいのかわからなかったので、犯人を突き止めてからあなたにお知らせしようと考えたんです。親子関係を明かすより先に。ところが、尻尾をつかむまでに思いのほか時間がかかって」

ティムが、とても信じられないというように首を振った。「この期に及んでしらを切るとはね。素性を偽ってわが社に潜り込み、仕事をするふりをしながら――」

「素性を偽ったことなど一度もないわ！　仕事にはいつだって百パーセントの力で取り組んでいます！」

ティムは鼻を鳴らした。「ぼくの見たところ、百パーセントの力で取り組んでるのは別のことのようだけどね」

「口を挟むな、ティム」そう言ったのはヴァンだった。「あんたは何もわかっていない」

マルコムが怒りにぎらつく目をヴァンに向けた。「きみこそ口を挟むんじゃない。そもそも初動を誤ったのは誰だ？　わたしからの信頼にも彼女の気持ちにも、きみはつけ込んだのだ。実に見下げ果てた行為と言わざるを得ない。彼女の所業を考慮に入れてもだ。見損なったぞ、ヴァン。今すぐ荷物をまとめて、金輪際その顔を見せるな」

その瞬間、ソフィーの世界が崩壊した。顔を引きつらせてヴァンのほうへ向き直る。

「疑っていたのね」出たのは空《うつ》ろな声だった。「サンフランシスコへ行く前から、あなたもわたしを疑っていたのね。この人たちと一緒になってわたしにサイバー泥棒の疑いをかけて、尻尾をつかもうとしていた」

「違う！　きみじゃないとぼくは言いつづけていた。ぼくは一瞬たりともきみを疑ったり――」

「猿芝居はもうたくさんだ」マルコムが言った。「われわれを甘く見ないほうがいい、ミズ・ヴァレンテ。きみは現行犯だ。パラダイス・ポイントのわたしのキャビンに忍び込み、パソコン内のファイルを撮影するきみの姿が録画されている」

「あなたのキャビンには入っていません！　あそこのスタッフを名乗る人物から言われてドアの前までは行きました。ノックして何度も呼びかけたけれど、中へは入らなかった。入るわけがないでしょう？」

「くどい」ひどい頭痛に見舞われたとでもいうように、マルコムが手で頭を押さえた。「くどいぞ、ミズ・ヴァレンテ。録画されているのだ。きみはわたしのキャビンにいて、パソコンの前に座っている。無駄なあがきはやめるんだ」

「何を見たのか知りませんが、ミスター・マドックス、それはわたしじゃありません。だって、わたしは絶対に……一歩たりとも……足を踏み入れていませんから！」

声がどんどん高く大きくなっていく。もう自分でもコントロールできなかった。

「そもそもわたしがそういうことをしようと思えば、部屋へ忍び込む必要なんてありません。世界中どこにいたってあなたのパソコンにアクセスできます。どんなに重大な機密情報だって、たちどころに引きだせるんです。まったく痕跡を残さずにです。でも、わたしはやっていません。なぜならわたしは泥棒でもスパイでもないから！　そんなものになり下がらないといけない理由はないから！　わたしの目的がお金だと、あなたは本当にそうお思いですか?」

「経験上、そう思わざるを得ない」マルコムは首を振った。「そしてどうやら、きみもそこそこ目的のものを手に入れたようではないか。それはくれてやろう。慰謝料代わりだ。きみという存在をわたしが認めたしるしと思ってくれてかまわん。わたしから取れるはずだった相続財産あるいは養育費——なんとでも呼ぶがいい。そして、手切れ金でもある。いいか、二度と顔を見せるな。わたしやドリューやエヴァに近づくな。さもないとその身に司法の手が伸びるぞ」

ソフィーは必死に涙をこらえた。怒りとショックと戸惑いが身のうちで激しく渦を巻いていた。押し寄せる怒濤《どとう》が心をえぐり、プライドをくじく。もう我慢ならなかった。バッグをさっと肩にかけ、背筋を伸ばした。「情報を盗んだのはわたしではありません。でも、真犯人を突き止められるだけのスキルを持った人はここにはいない。マドックス・ヒル社は甚大な被害を受けることになるでしょうけれど、ご自分が蒔《ま》いた種ですもの、しかたありませんね」

「ごきげんよう、ミズ・ヴァレンテ」マルコムはそう言った。「話は以上だ」

ソフィーはくるりと回れ右をした。涙で視界がかすんでよく見えないが、出口と思われるほうへ歩を進めた。ザックがドアを開けてくれたので、もたもたと取っ手を手探りせずにすんだ。外へ出ると同時にバッグからティッシュを引っ張りだした。

歩きだすと後ろからシルヴィアに声をかけられた。「ミズ・ヴァレンテ？　大丈夫ですか？」

ソフィーはひらひらと手を振っただけで、足早にその場から離れた。シルヴィアに何かを言う必要なんてなかった。じきにすべてを知るだろうから。シルヴィアも、ほかの社員も。

そうして社内での自分の評判は地に落ちるのだ。噂《うわさ》は山火事並みのスピードで広がるだろう。この会社でなくても、今と同じ仕事はできなくなるかもしれない。

でも失業を嘆くのは後回しだ。ひとつずつ片づけていかなければ。

「ソフィー」背後でヴァンの声がした。肩に手がかかる。

何も考えず、振り向きざまに彼の頬を平手打ちした。渾身《こんしん》の力を込めて。

ヴァンはよけなかった。たじろぎすらしなかった。「ソフィー、聞いてくれ――」

「嘘つき！　最低！」

ヴァンが手を伸ばしてくる。「違うんだ。ぼくは誓って――」

「触らないで……この人でなし！」

聴衆は刻々とその数を増していた。仕事中の社員が皆、息を潜めているのがわかる。そここでブースの仕切りから頭が覗《のぞ》いている。

「きみを疑ったことなんかない。一瞬たりともなかった。最初からずっときみじゃないと信じていた」

「あなたはわたしを罠にかけた！　とても巧妙にね！　よくもあんなこと……どうして、ヴァン？　わたしがあなたに何をしたっていうの？」

「罠にかけるなんて、ぼくがそんなことをするわけがないだろう。ぼくは――」

「あなたはわたしを銃殺隊の前へ突きだした。わたしが彼らにサイバー泥棒と目されているのを知りながら、口をつぐんでいた。早くマルコムに面会を申し込んだほうがいい、あなたはそう言ったわ。大歓迎されるに決まっている？　みんなが大喜び？　あなたはわたしの心をずたずたにした。最初からそれが狙いだったのね」

「ソフィー――」

「嘘つきだ泥棒だと決めつけておきながら、わたしを誘いもした。せっかくだからこの機に乗じて、いただけるものはいただいておこうと思った。そうでしょう？」

「違う！　そんなことを思うわけが――」

「もし本当にわたしを信じているのなら、あらぬ疑いをかけられていると教えてくれていたはずだわ」

「ティムがあんな映像を持っているとは知らなかった。きみより先にマルコムに会って、それを見せるつもりだったことも。もともとは明日集まって話し合うことになっていたんだ。その場でぼくは説明するつもりだった。絶対にきみじゃないと――」

「やめて！」ソフィーはじりじりと彼から離れた。「もうやめて。聞きたくない。わたしに最大の苦しみと屈辱を与えるのがあなたの計画だったのなら、おめでとう、見事に達成されました。それも、非常に迅速にね。ものの十分だったかしら？　これ以上ダメージを与えようと思えば殺し屋でも雇わないとだめかもしれない。次はそうする？」

「頼むから、ぼくの話を聞いてくれ」

「いやよ」ソフィーはさらに後ずさった。「なぜわたしがあなたの頼みを聞かないとならないの？」

「それでも聞いてくれ」切迫した声でヴァンは食い下がった。「ぼくはきみを信じている。どんなことをしてでもこの窮地からきみを救いだす。だから教えてくれ。パラダイス・ポイントのマルコムのキャビンでいったい何をしていたのか。きみが情報を盗んだなんて思っていない。きみがあそこにいた理由を知りたいんだ。知る必要があるんだ――きみを弁護するために。ぼくはきみの味方だ、信じてくれ。だから、わかるように説明してほしい。なぜ、あそこへ入った？」

ヴァンから遠ざかりながらソフィーは涙を拭った。「入ってないわ」囁《ささや》くように言う。

「一歩たりとも足を踏み入れてはいない」

ヴァンが顔を歪《ゆが》めた。「ああ、ソフィー。お願いだから本当のことを話してくれないか」

ソフィーは何度もかぶりを振った。「あなたなんか、地獄の業火に焼かれてしまえばいい」低い声で言うなり、くるりと向きを変えて彼女は駆けだした。

19

ヴァンはソフィーの後ろ姿を呆然《ぼうぜん》と見送った。きらめく髪を揺らして歩いていく。コツコツと床を鳴らすヒールの冷たい音が遠ざかり、やがて角の向こうへ彼女もろとも消え去った。

ショーの終演に気づいた人々にざわめきが戻ってきた。最前列で顔を引きつらせていた人たちも、そそくさと散りはじめる。

ヴァンも自分のオフィスへ戻らないといけないのだった。秘書やアシスタントに事の次第を説明しなければいけない。退職することになったと告げ、状況を理解してもらわなければ。自分自身、理解しているわけではまったくないけれども。

しかし体が動かない。動けば、新しくもおぞましい未来へ向かって足を踏みだしてしまう気がする。そこでのソフィーは嘘つきの泥棒だ。マルコムを欺き、悪行をごまかすためにヴァンを利用する。挙句、恥辱にまみれ追放される憂き目に遭う。処罰にはヴァンも手を貸す。刑の執行人に名を連ねる。

動けば、一歩でも足を踏みだせば……そのシナリオが現実になってしまいそうで恐ろしい。

それとも、じっと突っ立っていたって同じことなのか。自分など置き去りにして時間は進むのか。シナリオどおりの未来が待っているのか。

いや、絶対にそんなことはない。自分の本能、直感、心、どれもがこの新事実を強く否定している。

ヴァンは足を踏みだした。左、右。左、右。自分が受け入れようが受け入れまいが、真実はひとつだ。

オフィスまでたどり着くと、受付でベリンダが電話を手にしていた。衝撃に目を大きく見開いている。話を聞いたのだろう。

電話を置いた彼女が弱々しい声で言った。「残念です」

「ぼくもだ」力なくヴァンは答えた。

「解雇だなんて……信じられません」

「きみの次の働き口についてはザックとドリューによく頼んでおくよ。きみほどの人を手放すなんて、会社もばかだな」

ベリンダは椅子に腰を落とすと泣きだした。「納得できません！　どうしてあなたがクビにならなきゃいけないんです？　この会社でいちばん優秀な人材なのに。卑劣な尻軽女に利用されたからって――」

「彼女は卑劣じゃないし、尻軽でもない」ヴァンは強く言った。「彼女は潔白だ」

ベリンダは赤らんだ鼻をティッシュで押さえ、こちらをじっと見た。涙に濡《ぬ》れた目であっても、そこに込められたものがなんなのかは誤解しようがなかった。憐《あわ》れみにほかならない。

ヴァンは無言で背を向け、オフィスへ入った。

ゆっくりと視線を巡らせる。壁一面を占める窓、贅沢《ぜいたく》な家具調度、洗練されたインテリア。人生の階段をのぼった先にこれらがあった。叩《たた》き上げのヴァンが成し遂げたものの象徴が、このオフィスだった。

すべては過去の栄光になる。この部屋も、仕事も、これまでの人生も、みんなみんな燃えてなくなる。ソフィーと過ごした幸せな時間もろともに。彼女が最後に願ったとおり、地獄の業火に焼かれて消えるのだ。

自分の知っているソフィーと、ティム・ブライスが見せつけた狡猾《こうかつ》なサイバー泥棒。そのギャップには呆然とさせられるばかりだった。マルコムはヴァンについても悪《あ》し様《ざま》に言った。立場を利用して女性を弄び、最後には手ひどく心を傷つけて平気でいられる男であるかのように。

あの映像を見せられたときには文字どおり頭が痛くなった。タオルか何かのように脳みそを絞られる感じがした。あれはいったいどういうことなのか。なぜ、あんな映像が存在しうるのか。

もう一度見ることを考えただけで吐き気が込み上げたが、ヴァンはパソコンの前に座った。厳格な父の教えに従って、痛みに向かって走るのだ。高校時代、フットボールの練習でそうしたように。ファルージャで偵察に出たときのように。

これだって同じだ。苦痛と恐怖に向かっていけ。逃げるな。

ヴァンはメールソフトを開いた。新着メールのうち、最も新しいのがティムからのものだった。動画が二本、添付されている。ヴァンは、顎が痛くなるほど強く歯を食いしばった。

まず、一本めを再生する。

マルコムのキャビンへ続く遊歩道。急ぐソフィーの髪が向かい風にあおられ背中で躍っている。問題の四分二十五秒を早送りすると、ふたたび彼女が現れる。乱れて顔に落ちかかる髪を手で払い、彼女は駆けだす。高いヒールで、出せるだけのスピードを出して。これは間違いなくソフィーだ。

続いて二本め。黒い影がキャビンへ入ってきて腰を下ろし、パソコンを起動させる。

こちらのソフィーはどことなく雰囲気が違う。顔は確かにソフィーだが、一本めの映像と比べると表情にずいぶん差がある。キャビンの外では、彼女は気遣わしげな顔をしてひどく焦っていた。怒っているようにも見えた。だが、こちらの表情は穏やかで、少しも急いでいるふうではない。落ち着いて作業に集中している。腕時計を見たり、あちこちへ視線を投げたり、そわそわ身じろぎしたりといったことがない。唇を嚙《か》むでも髪をかき上げるでもない。焦りや緊張とは無縁の顔だ。やましさとも。

腕時計を見ないのは当然だろう。パソコンに時刻が表示されているのだから。しかし、髪は？　この髪はまったく乱れていない。セットされたばかりに見えるカールが肩のまわりにきれいに広がっている。

いろいろと腑《ふ》に落ちない。落ち着き払った表情や身のこなし。きれいに整ったままの肩まわりや胸もとの髪。

ドレスの襟は大きく刳《く》れており、豊満な胸の谷間が覗《のぞ》いている。光沢のあるシフォン地は乳房を包む柔らかな花びらのようだ。

しかしヴァンは、結婚式でもその後のパーティーでも、ソフィーの胸の谷間を目にした覚えがなかった。こんな眼福にあずかっておきながらその記憶をなくしてしまうなど、生身の男ならありえない。

震える手でマウスを操り、外での映像をもう一度呼びだす。

こちらは胸は見えない。シフォンでできたピンクの薔薇《ばら》に隠れているのだ。薔薇は襟ぐりのやや上にある。下ではなく。

ヴァンは再度、屋内の映像を精査した。こちらの薔薇はかなり下のほうにあった。ストールが緩んで薔薇は腰のあたりまで落ち、胸もとが露《あらわ》になっている。

いったい、どうなっている？

しかし、ソフィーの胸の谷間にマルコムの注意を引きつけるのが得策とは思えない。手ひどく傷つけたばかりの女に未練たらたらの愚か者、そう決めつけられるのが落ちだ。彼女を弁護するうえではマイナスになる。いったいどうすれば――

いや、待て。

手ひどく傷つけた……傷つけた……。

そうだ、傷だ。ソフィーの胸の傷跡。

動悸《どうき》がしはじめ、ヴァンは思わず心臓のあたりを押さえた。感情の奔流に押し流されそうになりながらドアを開ける。ベリンダが驚いた様子で立ち上がったが、かまわず足早に通り抜けた。

「どうしました?」後ろで彼女が声を張り上げた。「何かあったんですか? お手伝いしましょうか?」

歩きながら振り向いた。「ああ、頼む! ソフィーじゃなかったとみんなに伝えてくれ! 全員にだ。彼女じゃなかった。間違いない。証拠を見つけたんだ!」

「あの、いえ……待ってください! そんなに焦らないほうが——」

「証拠を見つけたんだ」ヴァンは繰り返した。「あの映像はフェイクだ。誰が作ったのかも見当はついている。そいつはソフィーを陥れ、誹謗《ひぼう》中傷した。だが、もう終わりだ。やつの負けだ」

ベリンダが追いすがるようにそばへ来て言った。「どこへ……どこへ行かれるんですか?」

「あの野郎を叩きのめしに行く」

憤怒《ふんぬ》という名のジェット燃料が、瞬く間にヴァンをマルコムのオフィスへ運んだ。シルヴィアの甲高い制止の声を背中で聞きながら、彼は荒々しくドアを開けた。

マルコムが顔をしかめた。「何をしに戻ってきた? 解雇を申し渡したはずだ! 出ていけ!」

「用が終われば出ていきます。みんなに話があるんだ」

　進みでたザックがマルコムを背にして立った。「落ち着け、ヴァン」

「ソフィーはサイバー泥棒ではありません」ヴァンはマルコムに向かって高らかに言った。

「往生際が悪いぞ。証拠は揃《そろ》っているんだ。今さら悪あがきしても彼女のためにはならん。きみのためにもな。戯言《たわごと》もいいかげんにしろ」

「戯言なんかじゃない。確かにぼくは彼女のために必死です。彼女を愛しています。それを認めるにやぶさかではありません。しかし、彼女のために嘘をつく必要などどこにもない。あなたのキャビンで録画された人物はソフィーではありません。屋外の映像のほうは本物です。あの日に起きたことについてのソフィーの話とも合致する。彼女ははめられたんです。今回のことは巧妙に仕組まれた罠《わな》だった」

「ヴァン」吐き捨てるようにマルコムは言った。「わたしを侮辱するのか。わたしはこの目で見たのだぞ。紛れもない、ソフィー・ヴァレンテを」

「あなたが見たのは加工された画像です」

「何を言いだすのかと思えば」ティムが冷笑混じりに言った。「きみだって彼女が結婚式に遅れてきたのは見てるだろう。あの映像も目にしてる。彼女にはアリバイがない。なぜならぼくら全員、式場にいたからね。間違いないよ。ぼくだってつらいけど、いいかげん事実を認めて先へ進むべき――」

ヴァンの拳が飛んだ。パンチは顎にクリーンヒットした。ティムは腕を振りまわしてのけぞり、マルコムの大事なペルシャ絨毯《じゅうたん》に尻もちをついた。

マルコムが唖然《あぜん》としてヴァンを見た。「何をする！」

ヴァンはザックに羽交い締めにされたために、ティムにそれ以上のダメージを与えることは叶《かな》わなかった。

「落ち着け」耳もとでザックが言う。「冷静になるんだ。場所をわきまえろ」

ヴァンは荒い息をしながらティムのほうへ顎をしゃくった。「あいつなんだ。あいつが映像を加工した。あれはディープフェイクだ」

「でたらめを言うな！」ティムはわめき、切れた唇から流れる血を拭った。こちらが足を踏みだすとまた身を縮めたが、ザックの拘束はまだ解けない。

「その暴漢を追い払ってくれ！」ティムは甲高い声を震わせた。「ヴァンのやつ、頭がおかしくなったんだ！」

「ぼくはいたって正気だ」ヴァンは言った。「あの映像の人物はソフィーと同じドレスを着ている。ヘアスタイルも同じだ。が、ソフィーではない」

「ふざけているのか、ヴァン」マルコムが語気を荒らげた。「わけのわからんことばかり、次から次へと」

「あれは別人の映像なんです。顔だけ、ソフィーを映した以前の動画から持ってきて差し替えたんです。ディープフェイクと呼ばれる手法です。人工知能を利用した精巧な合成映像ですよ。見抜くのは非常に難しい。だが、今回のはそれです」

「藁《わら》にもすがろうという心境か、ヴァン」マルコムが言った。「あれがソフィーではないと結論づける根拠がどこにある。どう見ても彼女ではないか」

「あの女性には傷跡がありません」

マルコムが目を細くした。「傷跡？」

「ソフィーは幼い頃、心臓の手術を受けています。その痕が胸骨に沿って二十センチほどくっきりと残っているんです。彼女が襟ぐりの深い服を着ないのはそのためです。キャビンの外で撮られたものを見ればわかりますが、ストールを留める布製の薔薇で、胸もとはしっかり隠れているんです。ところがソフィーになりすました人物は、腰のあたりでストールを留めている。露になった胸に手術の傷跡はない。ソフィーではないからです。映像を解析するまでもなく、スロー再生すれば接《つ》ぎ目はわかります。あれは合成だ」ヴァンは怒りをたぎらせた目でティムを見据えた。「映像を加工したのはティムの息子です。結婚式の直前にソフィーを呼びに来たリチャード――彼はCGの専門家じゃありませんでしたか? あれぐらい朝飯前だ。ティム・ブライスがサイバー泥棒だったんですよ、ミスター・マドックス。ソフィーは無実です」

マルコムは愕然《がくぜん》とした面持ちで杖《つえ》に寄りかかった。「なんたることだ……」かすれたつぶやきを漏らす。「ブライス、今の話は本当か?」

ティムが顔をくしゃりと歪《ゆが》めた。ずいぶんしてから、彼は答えた。「申し訳……ありませんでした」

マルコムはがくりと肩を落とし、椅子にへたり込んだ。「ああ、ブライス。なんということをしてくれたのだ」

「本当に申し訳ありません」ティムは涙声になりながら言った。「しかたなかったんです。息子が、リチャードが、ハリウッドでドラッグを覚えてしまって、ディーラーとトラブルになって。借金を作ったんです。相手は素人じゃないんです。借金の額が膨れ上がって、リチャードの身に危険が及びかねない状況に……」

「わたしに相談すればよかったのだ。四半世紀近くも一緒に仕事をしてきた仲ではないか。しかしきみはそうせず、わたしのものを盗む道を選んだ。あまつさえ、まるで関係のない若い娘に罪をかぶせようとした。よくもそんな卑劣な真似《まね》ができたものだな」

「実に見下げ果てた男だ」ヴァンも言った。「無実のソフィーが何年も刑務所に入るはめになったかもしれないんだぞ」

「息子を守るためにはしかたなかったんだ」ティムが肘をついて起き上がろうとした。

「わかってください、ミスター・マドックス。リチャードを追っていた連中というのが、本当にとんでもない――」

「床に伏せていろ」ヴァンは唸《うな》るように言った。「起き上がったら、また殴る」

ティムがザックを見上げた。

ザックは、ヴァンの体に回していた両手をことさらゆっくりと浮かせると、冷ややかに言った。「ぼくはヴァンを止めない。自分の身は自分で守るんだな」

ティムは半泣きになってふたたび絨毯に顔をうずめた。「リチャードが殺されるかもしれなかったんだ」くぐもった声で訴える。「いけないことだとはわかっていた。彼女には気の毒なことをしたと思ってる。だけど考えてもみてくれ。自分がぼくの立場だったらどうする？　赤の他人が刑務所に二、三年入るのと、わが子が殺されるのと、どちらを選ぶ？」

ヴァンの拳がぶるぶると震えた。彼はザックを見やって言った。「頼むからこのクズ野郎をぼくの視界から消してくれ。こいつの身の安全のために」

ザックはうなずいた。「立て、ティム。行くぞ」

ティムがのろのろと体を起こした。うつむいたまま、ふらつく足取りでザックに連れだされていくティムを、マルコムとヴァンはじっと見ていた。

ドアが閉まり、二人の視線がぶつかり合った。

「では」ヴァンは淡々と言った。「一件落着ということで。失礼します」

「ミズ・ヴァレンテを追いかけるのか？」

「もちろんです。地獄の業火に焼かれろと彼女に言われました。彼女はこのおぞましいショーをぼくが仕掛けたと思い込んでいる。すべてはあなたのおかげですよ」

「わたしの？　何を言うか！」マルコムは鼻を鳴らした。「わたしは何もしとらん。仕事中によそ見をしてつまみ食いしたのはきみ自身だ。言葉を慎め」

「その必要はないと思いますが。解雇されたぼくにとって、あなたは上役でもなんでもない。言いたいことを言って何が悪いんですか？」

「そう興奮するな」マルコムは薄く笑った。「わたしもあのときはつい、かっとなってしまったが、事態は変わった。クビは撤回だ。少なくとも当面はな。せいぜい振る舞いに気をつけることだ」

ヴァンは首を振った。「品行方正にはなれません。クビは撤回してくださらなくて結構。

あなたのために働くよりも大事な用が今のぼくにはあるんです。長くかかるかもしれない。どうぞぼくの代わりを雇ってください。こんなところで仕事をしている場合じゃないんだ」

「ばかも休み休み言え」マルコムが語気を強めた。

「ぼくは彼女を愛しています。それはあなたもご存じですよね」ヴァンの口調も激しくなった。「結婚して子どもを作って、死ぬまで一緒にいたい――そう願っていた。その願いをあなたとティム・ブライスにぶち壊された」

「教えてやろう、ヴァン。今日、大事なものを失ったのはきみ一人ではない。ソフィーは誠意を持ってわたしのもとへやってきた。そんな彼女をわたしは完膚なきまでに打ちのめした。幸運をみずからの手で破壊したのだ。ヴィッキーの娘、血肉を分けたわが子と、せっかく出会えたというのに」

「お気の毒にと言ってさしあげられればよかったんですがね。あいにく今日のぼくにそれは無理だ」

「つべこべ言わずにさっさと行け」マルコムがぴしゃりと言った。「彼女を捕まえるんだ。しっかりやれ」

ヴァンは出口へ向かって歩きだした。

「ヴァン！」ドアを開けたところでマルコムに呼ばれた。「彼女に会ったら伝えてもらいたい。もう一度チャンスをくれと」

ヴァンは振り向き、マルコムの目を見て言った。「そんなに気になるのなら、自分で追いかけて自分で言うんですね。彼女にとってはそのほうが意味がある。ぼくはあなたの使い走りじゃありません」

「もういい！」マルコムが吠《ほ》えた。「まったく、口の減らないやつだ。早く行け！」

言われなくてもそうした。歩調はどんどん速くなり、駐車場にたどり着く頃にはヴァンは全速力で駆けていた。まるで命がかかってでもいるかのように。

20

ソフィーは、はっと目を覚ました。悲鳴が喉のあたりにわだかまっている。またあの悪夢を見ていたのだ。

眠りに落ちるたびに見る、おぞましい夢。ソフィーは裸で檻《おり》に閉じ込められている。それを大勢の人が鉄格子の隙間から見物している。ちょうど、動物園の動物を見るみたいに。ソフィーは恥ずかしさに身を縮め、ぼさぼさの汚い髪に隠れるようにしてうずくまっている。

やがてソフィーは群衆の向こうにヴァンを見つける。目と目が合う。彼はゆっくりとかぶりを振って背中を向ける。そうして去っていく。

ソフィーは鉄格子に飛びついて彼の名を叫ぶ。けれどヴァンは決して振り返らない。こちらの声は届いていないのか……。

自分の悲鳴でいつも目が覚めるのだった。そうして毎回、自分自身に腹が立つ。夢の中とはいえ、情けない。あんな男に泣いてすがろうとするなんて。

ソフィーはラウンジチェアから足を下ろし、身を起こした。藤棚の下に寝そべってラベンダー色の木漏れ日を浴びながら、〝セキュリティ・コンサルタントへの転身〟と題された記事を読んでいたのだったが、いつの間にか眠ってしまったらしい。香《かぐわ》しい風が吹くたびソフィーの上に花びらのシャワーが降り注ぎ、中庭では噴水が涼やかな水音を奏でている。

立ち上がって伸びをしたあと、海に臨むテラスへ上がった。海風に髪が躍り、皺《しわ》くちゃのリネンドレスの裾が翻った。海食崖の上に立つこの古いヴィラからは、色とりどりの宝石をちりばめたようなポジターノの町が一望できる。町並みのすぐ下には世界一美しいとも言われるアマルフィ海岸が広がっている。果てしない海原は息をのむほど青い。昼下がりの空に雲がふんわり浮かんでいる。背後の中庭にはレモンとオレンジの木々が生い茂り、柔らかな若葉を風にそよがせている。

ここでなら、もっと楽に呼吸できるはずなのに。幸せな思い出がいちばん多い場所なのだから。でも、ヴァンにいつか見せたいと夢見ていた場所でもあった。愛し合う二人にはきっとパラダイスになると思っていた。

ポジターノにいながら気持ちがこんなに沈んでいるのは、そのせいだ。ここへ来れば元気を取り戻せるだろうなんて、考えが甘すぎた。

フィレンツェにあるヴァレンテ邸も、美しさではここに引けを取らない。けれどあまりに壮麗で、あれはまるで王宮だ。いずれはどこかの大家族に売却することになるかもしれない。あんなところに一人でいたら、侘《わび》しさばかりが募りそうだから。

とはいえ、すべては先の話。今はそれどころじゃない。目下の精神的ストレスが大きすぎる。破れた心、傷ついたプライド、損なわれた尊厳、失われた仕事、潰《つい》えた希望。悪名高いソフィー・ヴァレンテを雇おうなどという奇特な人が、この世のどこかにいるのかいないのか。

よりどりみどりなほど課題は山積みだけれど、いちばん重要で難しいのが、息のしかたを思い出すことだ。

新しい身内を得たいと思う気持ちがここまで強くなるとは、自分でも予想していなかった。最初はもちろん母のために動いた。マルコムと繋《つな》がりを持ってと娘に頼むことで、母は古傷を癒やそうとしたのだろう。最後の最後に、それを試みようとしたのだ。そんな母の思いをソフィーは尊重し、期待に応えたいと思った。

だが結果は惨憺《さんたん》たるものだった。ソフィーは公然と拒絶された。あらゆるものに――父親にも恋人にも、職場にさえも。

マドックス家の一員になりたい、ヴァンと結婚もしたい、などと、欲張ったのがいけなかったのか。彼との幸せな未来への夢想を膨らませすぎて、熟しすぎた果実みたいに枝から落ちてしまったのだろうか。夢想には、ほかにもたくさんの材料が加えられた。マルコムに温かく迎え入れられる、親子の交流が始まる、ドリューとエヴァのいとことして彼らの輪に入れてもらえる、一族で集まってにぎやかにしゃべり笑い合う、などなど。そんな夢の中で、ソフィーのかたわらには愛する夫と子どもたちがいた。長く生きるうちには嬉《うれ》しいこと悲しいこと、さまざまな出来事に直面するけれど、どんなときにも彼が一緒。手と手を携えて生き、老いてゆく。

そう、わたしはルールその一を無視した。もっと分別があった頃には片時も忘れなかったのに、愛ゆえに目をつぶってしまった。魅力的な男性ほど重大な欠陥を隠し持っているという法則、やはりあれは当たっていたのだ。ヴァンはわたしを罠《わな》にかける人でなしだった。

最低最悪の欠陥だ。

あれからソフィーは、マドックス・ヒル関連の情報をすべてシャットアウトした。自分の電話番号とメールアドレスも変更した。それによっていっそう孤立は深まったが、自身に言及されているかもしれないインターネット上のゴシップを目にする勇気は、今はなかった。

水平線に沈む夕陽《ゆうひ》を眺めていると母を思い出す。毎夕テラスに座ってマルコムを恋い慕っていた母。恋愛や結婚の機会にことごとく背を向けて生きた母。

そうして今、ヴィッキー・ヴァレンテの不運な娘が一人、ひっそりと日没を見ている。歴史は繰り返されるというわけか。

でも、待って。過去の不幸を引きずって生きるなんて、わたしはいやだ。屈したくない。ろくでもない男たちにも、運命だの持って生まれた星だのにも。

そうだ、流れを変えなければ。変えてみせる。まずは、自分をもっと大事にすることから始めよう。おいしい食材を買ってきてきちんと料理しよう。自分を優しくいたわろう。誰もソフィー・ヴァレンテのことを気にかけてくれないなら、わたし自身がそうすればいい。

キャンバス地のショッピングバッグを持ち、スニーカーを履くと、ソフィーは買い物に出た。店を三軒回れば、手早くできる料理の基本的な材料は揃《そろ》う。青果店で野菜と果物、デリカテッセンでチーズと加工肉とワイン、そして精肉店。セルフケア・プロジェクトの始動だ。

いつもなら、顔見知りの店主とのおしゃべりはイタリア滞在中の大きな楽しみだった。

けれど今日はつらかった。三人の女主人たちは買い物中のソフィーの世話をこまごまと焼き、あれもこれもと試食させようとする。精肉店のシニョーラ・イッポーリタにいたっては、一人じゃ食べきれないからと固辞するソフィーに、巨大なステーキ肉を包んで持たせたのだった。

ソフィーは精肉店を出たところで立ち止まり、持ちやすいようショッピングバッグの中身を整理した。そうして顔を上げると……通りの向こうにヴァンがいた。

バッグが手から離れて落ちた。ワインのボトルが歩道の敷石に当たって坂道を転がりだす。

ヴァンはまだそこにいる。夢でも幻でもなかった。

転がるワインにヴァンが手を伸ばした。拾い上げ、汚れを払いながらこちらへ向かって歩いてくる。「ソフィー」静かに呼びかけられた。

「こんなところで何をしているの？」詰問する口調になった。「どうしてここがわかったの？」

「ずいぶん捜した。どうしてもきみに会わなければいけなかったから」

「ちょっと《エイ》！　オノフリオ！」ドアから顔を覗《のぞ》かせたイッポーリタが、大声で夫を呼んだ。

「早く来ておくれ！　怪しい男がシニョリータ・ソフィアにちょっかいを出してるんだ

よ！」

「なんだ？」のっそりと大男が現れた。でっぷりとした腹には血まみれのエプロン。巨大な肉切り包丁を手にしている。「シニョリータ・ソフィア、大丈夫かね？《ヴァ・トウット・ベーネ》　この野郎がちょっかい出してきたって？《ケ・コーザ》」

ソフィーは夫婦に向かってにっこり笑ってみせた。「心配しないで。何もされていないから」

「追っ払うかい？」オノフリオがソフィーに訊《き》いた。「それとも、ちょっと怖い目に遭わせてやろうか」

「腕の一本や二本、落としてやってもいいんだ」イッポーリタが加勢する。「あんたがあんなに暗い顔をしてたのがこいつのせいなら」

「ほんとに、大丈夫だから」ソフィーは力を込めて言った。「腕も落とさなくていいし、何もしてくれなくていいわ」そうしてワインに向かって手を伸ばした。「返して」

ヴァンがボトルを差しだした。ソフィーは受け取ってバッグに入れ、持ち上げた。

「持とうか？」ヴァンが言った。

「結構よ」ソフィーは振り向いて夫婦に手を振った。「ほんとに大丈夫だから。ありがとう」ヴァンに笑顔を見せて、もう一度言う。「それじゃ《ボナ・セーラ》」

歩きだすとヴァンも並んでついてきた。ヴィラまで戻ったソフィーは、大きな木の扉の前に立って後ろを振り返った。オノフリオとイッポーリタはまだ店の前にいて、心配そうにこちらを見ている。ほかにも広場の数人が気づいているようだった。

ソフィーは小さく毒づき、ショッピングバッグを突きだした。「持っていて。鍵を出すから」

ヴァンは黙ってバッグを持った。ドアが開くと、ソフィーは彼を手招きして急《せ》かした。中へ入り、そそくさとドアを閉める。

「入れてもらえてよかった。肉屋にシチューにされるかと思ったよ」

「人目につくといやだから入ってもらっただけ」ソフィーは冷ややかに言った。「あなたのためじゃありませんから。あたりまえだけれど」

ソフィーは先に立って石組みのアーチをくぐり、中庭へ入った。後ろからついてきたヴァンが、噴水脇の敷石の上にショッピングバッグを置いた。

ラフなベージュのカーゴパンツに、白いリネンの皺だらけのシャツ。日焼けした肌がよく映える。腹立たしいほどヴァンは魅力的だった。濃い色の目は強い感情を宿していて、そのことにソフィーは当惑と怒りを覚えた。あれほどのことをしておきながら、よくもこんな目でわたしを見られるものだ。

「まさか歓迎されると思って来たんじゃないでしょうね」

「わかっている。ただ話を聞いてもらいたい。望みはそれだけだ」

「ここの住所を教えた覚えはないけれど。あなただけじゃなく、ほかの誰にも」

ヴァンの広い肩が持ち上がった。「最後の日、マルコムのオフィスできみは言った。シンガポール、ニューヨーク、キャッツキル、フィレンツェ、ポジターノに家があると。あの情報とヴァレンテという名前を手がかりに捜した」

「わたしがここを選んだとよくわかったわね」

「全部回った。それぞれの場所をしばらく張り込んで、きみが現れるのを待った」

ソフィーは驚いた。「全部？　つまり世界のあちこちへ飛んだってこと？　仕事はどうしたの？」

ヴァンはかぶりを振った。「会社はやめた。今は無職だ」

「あの人は本当にあなたを解雇したのね。だったら、わたしを捜しまわるより仕事を探したほうがいいと思うけれど。わたしは重大な犯罪を犯したらしいから、関わらないほうが身のためよ」

「マルコムはきみが犯人じゃないとわかっている」

ソフィーはぴたりと動きを止めた。こんな知らせは罠に決まっている。きっとまたひどい目に遭うのだ。

「そんなわけないでしょう。あれほど強く思い込んでいたのに」

「きみの汚名は晴れたんだ。それをぼくから伝えたかった。もうひとつ、マルコムが心から悔いているということも知らせるべきだと思った」

ソフィーは胸の前で腕組みをした。「悔いて当然だわ。でも、いったいどういうこと？何があったの？」そっけない口調のまま訊いた。

「録画された映像は偽物だったんだ。ホテルのスタッフになりすましてきみをマルコムのキャビンへ行かせた女がいただろう？　そいつもグルだったんだ。ティムとリチャードに雇われて悪事の片棒を担いでいた。ティムは会社の機密情報を中国の企業に売り、その罪をきみになすりつけようとしていた。ちょうどあの時刻にきみをマルコムのキャビンの前にいさせるのが女の役割だった。そのときキャビンの中には、きみと同じ格好をした別の女がいた。その映像の顔だけがきみの顔とすり替えられたというわけだ。リチャードは映像加工のプロだ。今やあれぐらいなら素人にも難しくはないが」

「なるほどね」ソフィーはゆっくりと言った。「初日にジュリーがわたしの服を広げていた理由がこれでわかったわ。彼女、わたしが入っていったらスマートフォンを取り落とした。ドレスを写真に撮っていたのね」

「そういうことだ。あのあとぼくは一人でじっくり映像を見た。そして発見したんだ。偽物のきみの胸もとが露《あらわ》なことを。ストールの合わせ目がウエストのあたりにあった」

「そうだったの」ソフィーはしみじみと言い、心臓のあたりに手を当てた。「これに救われたわけね。またしても」

「うん。マルコムは恥じ入っていた」

「当然よ」

二人は沈黙した。レモンやオレンジの茂みで鳥たちがさえずっている。ツバメが空から急降下したかと思うと、またまっすぐに上昇する。

喉に熱い塊がせり上がってきて、ソフィーは咳払《せきばら》いをした。

「ヴァン」あらたまった口調で言った。「濡《ぬ》れ衣《ぎぬ》が晴れてほっとしたわ。これでキャリアを変えなくてよくなった。知らせてくれてありがとう。だけど、弁護士に手紙一枚送ってくれるだけでよかったのに。そのほうが手っ取り早くて安上がりだったでしょう」

「きみに会いたかったんだ」

ソフィーは肩をすくめた。「わたしは会いたくなかった」彼の目を見ることはできなかった。

「ぼくたちのあいだには通じ合うものがあったじゃないか」

「あったわね。あなたが木っ端みじんにするまでは」

「頼むから最後まで聞いてくれ。ぼくは最初から最後まで、きみを信じていた。きみを知れば知るほど確信は深まった。楽をしようとか得をしようとか、きみは決して考えない。誠実で心の強い人だ。自分の内なる力を信じている。自分に何ができるか知っているんだ。そういう人間が嘘をついたりごまかしたり、人のものを盗んだりするはずがない。ぶれない芯が一本通っているから」

ソフィーは乾いた笑い声をたてた。「がっかりさせて申し訳ないけれど、今のわたしは内なる力を信じる自信たっぷりな女とはほど遠いわ」

「パラダイス・ポイントに着いた日、ぼくはティムに言った。絶対にソフィーじゃないと」ヴァンは言葉を継いだ。「だが、まさかあいつが犯人で、きみをはめようとしているなんて考えてもみなかった。とにかくきみは潔白なんだから、何も心配する必要はないと思っていた。娘だとマルコムに明かすことをきみに勧めた時点では、きみに危機が迫っているなんてまったく知らなかったんだ。事態を把握したときには手遅れだった。マルコムはきみをオフィスに呼び入れていた」

ソフィーは震える息を吐いた。「初めて映像を見たとき、やっぱりわたしだったのかって思った?」

ヴァンは首を振った。「思わなかった。戸惑いはしたが、きみへの疑いはまったく湧かなかった。ただ、肝心なときにきみを守ってあげられなかった自分には今も腹が立っている。ぼくの勘がもっと鋭ければ、そして初めてあれを見せられた時点で胸の傷のことに気づいていれば、きみを苦しませずにすんだんだ。すまない、ソフィー。どうか許してくれ」

ああ、だめだとソフィーは思った。今の自分はひどく弱っている。あの結婚披露パーティーのときみたいに、ちょっとしたことで涙が出そうになる。

「今さらの話ね」ソフィーはぴしゃりと言った。

「本当にすまなかった。きみはどんなにつらかっただろう。それを思うと苦しくて死んでしまいたくなる」

「やめて」ソフィーは涙を抑え込み、乾いた声で笑ってみせた。「今あなたに死なれたりしたら、わたしが世間から非難囂々《ひなんごうごう》だわ」

ヴァンは一瞬だけ笑みを浮かべたものの、すぐまたあの表情に戻った。ソフィーによって判決が下されるのを、あるいはなんらかの宣言が発令されるのを、じっと待っているような表情。

ソフィーはどうにか口を開いた。「どんな言葉を期待しているのかは知らないけれど、あなたの謝罪は受け入れました。これで満足?」

長く沈黙したあと、ヴァンは答えた。「いや」

張りつめた空気が流れた。彼はまた繰り返そうとしている。魔力を発揮してわたしを誘い、翻弄しようとしている。あれだけのことがあったあとで、よくもそんな気になれるものだ。ソフィーは無性に腹が立った。

「ひょっとして性的特権の奪回がお望みかしら。だとしたら、残念ながらご希望にはそえないみたい」

「ぼくの希望はその程度に留《とど》まらない」

ソフィーは彼を見つめた。鼓動が急に激しくなる。「え……」

「もう一度きみに信じてもらうにはどうすればいい?」

ソフィーはわななく口もとを手で押さえた。「そんなの……わからない。ここまで傷ついたのは初めてだから。まったく未知の領域だから」

「だったら、未踏の地の探索を開始しよう」ヴァンはいきなりひざまずいた。「ソフィー・ヴァレンテ、きみを心から愛している。きみを妻にしたい。ぼくと結婚してほしい。二人の子どもを作り、二人で人生を切り開き、二人で老いていきたい。きみほど美しく強く、魅力あふれる女性はほかにいない。ぼくという人間を形づくる細胞のひとつひとつが、きみに刺激され、熱狂し、歓喜するんだ。どうか、ぼくの妻になってもらえないだろうか。約束する。ぼくは、きみに信頼されるに足る男になるべく努力する。死ぬまで努力しつづける」

ぽかんと開いた口を、ソフィーは閉じられずにいた。

ヴァンはポケットに手を入れた。「ああ、大事なものを忘れるところだった」取りだされたのは小さな箱だった。グレーのシルク張りで、同色のシルクのリボンがかかっている。彼はリボンをほどき、小箱を開いた。「これをきみに」

ソフィーは息をのんだ。スクエアカットのエメラルドが燦然《さんぜん》と輝く、華やかな指輪だった。エメラルドの周囲をパールとダイヤモンドが彩るクラシックなデザインは、公爵夫人か王妃の持ち物のようだ。

「ああ、ヴァン……」ソフィーはつぶやいた。

「ビーチできみに言われたこと、覚えているよ。大きな選択をして、結論を出さなければいけないんだったね。これがぼくの出した結論だ。気持ちは固まっている。きみと結婚したい」

「でも、わたし……」震える声でそれだけ言うと、ソフィーは手で口を覆った。

「シンガポールとニューヨーク、キャッツキルを回ったあと、フィレンツェに飛んだ。そして一週間、毎日ヴァレンテ邸に通って人の出入りを見張った。宿《ペンシオーネ》からの行き帰り、つまり日に二回はポンテ・ヴェッキオを渡った。橋の上に並ぶ宝飾店のあるじたちとじきに顔なじみになって、一週間たつ頃にはみんなからファーストネームで呼ばれるまでになっていた。きみの意見を聞かずにこんな大事なものを買うのはどうかとも思ったが、指輪なしでここへは来られない気がしたんだ。きみへの想《おも》いを表すためなら、あらゆる手段を使おうと思った。もし別のがよければ、いつでも取り替えてもらえる」

「とても……素敵だわ」ソフィーは囁《ささや》いた。「だけど……わたし……」

「ぼくを信用できない？」ヴァンはソフィーの手を取って唇をつけた。「だったら、待つよ。辛抱強く待つ。必要なら何年でも」

ソフィーの顔はくしゃくしゃになった。

ヴァンは彼女の手にティッシュを握らせたが、ひざまずいたまま、じっと待っている。

ソフィーは恥ずかしかった。しっかり自分を保って冷静に彼と向き合わねばならない局面なのに、ぐずぐずと泣いてしまうなんて。

「本当にわたし、心が傷だらけなの」ソフィーは消え入りそうな声で言った。「立ち直れるかどうか……わからないのよ」

「いつまでだって待つよ。何があろうと、ぼくの気持ちは永遠に変わらないから。ぼくにはきみしかいない。きみが欲しい。いや、きみが必要なんだ。きみなしでは生きていけない」

ソフィーは泣き笑いをしながら彼の手を引っ張った。「いいから、立って。これじゃあ落ち着かないわ」

ヴァンが立ち上がった。ソフィーが気づいたときには彼の胸が目の前にあった。腰にたくましい両腕が回っている。ああ、そうだった、この感じ、この安らぎ、心地よさ。記憶が一気にあふれて押し寄せてきた。すさまじい勢いに息が苦しくなるが、それさえも幸せでたまらない。

しばらくして、ソフィーはみずから彼の胸に寄りかかった。シャツはすでに自分の涙でぐっしょり濡れているのに、まだ泣けてくる。でも、もう恥ずかしさはなかった。何があろうと気持ちは永遠に変わらないとあれだけ力を込めて言ったヴァン。それならまずは、わたしの無様な泣き顔を平気で見られるかどうか、そこからスタートしてもらおう。

ひとしきり泣いてしまうと、体が軽くなったように思えた。気球みたいにふわりと空に浮かぶことさえできそうだ。

ソフィーは目を拭った。「もう一枚、ティッシュをもらえる?」

ヴァンが一枚引きだした。「きみが望むならいくらでも」

「大きく出たわね」惨状の後始末をしながらソフィーは言った。「人前では泣かないようにしてきたのに。あなたには何度も涙を見られてしまった。これで三度め？　母を除けば新記録だわ」

「嬉しいよ」ヴァンは真顔で言った。「光栄だ。記録にふさわしい男になれるよう努力する。お母さんの名にかけて」

また涙があふれ、ソフィーはティッシュを目に押し当てた。「いやだ、もう」

「おい、どうした？」

「母のことを言われるとだめ。どうしても泣けてきちゃう。ずっと考えていたの。マルコムに捨てられたとわかったとき、母はどんなにつらかっただろうって。でも、つらかろうがなんだろうが、自分一人で子どもを育てなくてはならなかった。どんなにつらくても、わたしのために母は強く生きるしかなかったのよ」

「本当に大変だったと思う」ヴァンはまたソフィーの手に口づけた。

ソフィーは鼻をかんだ。「あの日、マルコムのオフィスで思ったわ。わたしには呪われた血でも流れてるんじゃないかって」

「似たようなことをぼく自身、考えたことがある。だが、ぼくたちの呪いはもう解けたんだ。ぼくの場合は父だった。父は生涯、妻にも子にも真に心を開くことはなかった。最期まで厳格で情の薄い人だった。ぼくはあんなふうにはなりたくない。温かい心を持って温かい家庭を作る。それができる人間に成長する」

「素敵ね」ソフィーは涙を拭い、顔を上げた。「いいことだと思うわ。わたしも成長したい。でもね、マルコムを許せるかどうか、そこはまだ自信がないの」

「マルコムはさておき……ぼくのことは？」

ソフィーは姿勢を正すとヴァンの目をまっすぐに見つめた。「誓ってほしい。大事なことは絶対わたしに隠さないと。二度とあんなことはしないと。わたしを傷つけないため、苦しませないため、困らせないため、怖がらせないため、喧嘩《けんか》を避けるため——どれも理由にはならない。そうなることを怖がらないで。それだけの勇気を持つと、ここで誓って。あなたの名誉にかけて」

ヴァンのまなざしが真剣そのものになった。「名誉にかけて誓う。きみのために勇気を持つ。ただし、きみにも同じ誓いを立ててもらいたい。ぼくたちは互いのために勇気を持つんだ」

ソフィーはうなずいた。「誓うわ」

ヴァンが指輪をケースから出した。「じゃあ、これを受け取ってくれるんだね？　結婚してくれるんだね？」

答えようとしたけれど、言葉にならなかった。ソフィーはただ、こっくりとうなずいた。

ソフィーの指にヴァンが指輪をはめた。あつらえたようにぴったりだった。

その手にヴァンはうやうやしく口づけをした。「愛するソフィー」そっと囁く。「ぼくの花嫁。ああ、ソフィー、幸せすぎて怖いよ。ぼくは夢を見ているんじゃないだろうか。もうすぐ目が覚めるんじゃないだろうか」

涙を流しながらソフィーは思わず笑った。「ほっぺをつねってあげましょうか?」

ふと風が立った。藤の花びらが薄紫の霞《かすみ》のように二人を包み、それからはらはらと石畳に舞い落ちる。

「おいおい、勘弁してくれ。フラワーシャワーまで始まったらますます夢みたいじゃないか」

ソフィーは笑った。「まだまだ夢のような時間は続くわよ、ヴァン。あとでベッドルームへ案内するから楽しみにしていて。海が一望できるジュリエットバルコニーに、天使と羊飼いが描かれたフレスコ画の丸天井。きっとあなたが想像したこともない世界よ。覚悟しておいて」

ヴァンが顔を輝かせた。「天使でも羊飼いでも、虹でも一角獣でも、なんでも出てこい。相手になってやる」

「それって……今すぐに？」

ヴァンは肩をすくめた。「ぼくはいつだってかまわない。どこへだって行く。きみの意のままに」

「じゃあ……」ソフィーは彼の手を取ると、大理石の階段目指して歩きだした。「ついてきて」

「地の果てまでも」

「とりあえずはベッドまで。そのあと地の果てまで行きましょう」


どれぐらい時間がたっただろう。ベッドルームの二人は疲労困憊《ひろうこんぱい》し、お腹はぺこぺこだった。それでソフィーは、調達してきたおいしいものたちを思い出した。

柔らかなモッツァレラチーズ、熟成したペコリーノチーズ、塩漬けの燻製《くんせい》ハム、スパイシーなオリーブ、クラストの歯ごたえがたまらない堅焼きパン、蔓《つる》つきプラムトマト、レモンとオリーブオイルでマリネされたグリルド・アーティチョーク、つやつやと深紅に輝く大粒のチェリー、上質な赤ワイン。そして、シニョーラ・イッポーリタが包んでくれた分厚いステーキ肉。

ソフィーがワインを注《つ》ぎ、ほかのものをテーブルいっぱいに並べ終えたとき、ヴァン担当の肉が焼き上がった。大皿の上でジュージューとおいしそうな音をたてている。ヴァンが切り分けた肉汁滴るピンク色の肉に、二人ともかぶりついた。これほどの美味をかつて感じたことがあっただろうかとソフィーは思った。

食べるペースが落ち着いてきた頃、リズミカルな電子音が鳴り響いた。メールの着信を知らせる音だ。ソフィーの携帯電話ではない。テーブルの下から聞こえてくる。

ヴァンがカーゴパンツのポケットからスマートフォンを引っ張りだした。「すまない。電源を切るよ。その前に誰からなのかだけ――おっと、マルコムだ」

ソフィーは驚いた。「でもマルコムはあなたを解雇したんでしょう？　どんな用があってメールしてくるの？」

「解雇はされなかったが……待って」ヴァンはメールに目を通した。「大変だ。こっちにいるらしい」

「こっち……？」

「イタリアだよ」ヴァンの声は暗かった。「ローマからポジターノへ向かっているところだ。きみに会いに来ようとしている」

「わたしに？」声が裏返った。

「うん。ドリューとザックのやつ、ぼくの進捗レポートを逐一マルコムに伝えていたんだな。いや、マルコムがきみに会いたがる気持ちはわかるよ、会うのは別にいいんだ。ただ、タイミングがね。しばらくはきみと二人きりで過ごしたかった」

ソフィーは口もとを拭った。心臓が激しく打っている。「マルコムはなんて言ってるの？」

「ぼくのことをからかっている」ヴァンはスマートフォンを突きだした。「ほら、読んでごらん。きっと笑うよ」

画面をスクロールしながら、ソフィーは長いメッセージを読んだ。

〝きみからの連絡が途絶えて十二時間。考えられる可能性はふたつだ。A：きみはソフィーの居所を突き止め再会を果たした。だが袖にされ絶望した挙句、断崖から身を投げた。あるいはB：ソフィーと再会を果たし、例によって劣情を募らせたきみは彼女をまんまと口車に乗せ、ついに本懐を遂げた。

エヴァとわたしはもうじきポジターノに着く。Aならばきみの亡骸《なきがら》を母国へ送る手続きを取る。Bなら、明晩ソフィーをまじえ四人で食事しようではないか。八時にブカ・ディ・バッコだ。

返事を待っている〟

ソフィーは深々と息を吐いた。「あの人らしいわね」

「これは覚悟しないと」ヴァンがぼそりとつぶやいた。「明日は史上最強のパワハラが待っていそうだ。それもこれもぼくが短気を起こしたせいだけど。最後にマルコムはぼくに言ったんだ、もう一度チャンスをもらいたいときみに伝えてくれって。だが頭に血がのぼっていたぼくは啖呵《たんか》を切った。こっちはあんたの使い走りじゃない、自分で言え、みたいに。だからマルコムはそのとおりにしたというわけだ」

無念を噛《か》みしめるようなヴァンの表情に、ソフィーは笑わずにいられなかった。そうして小さくつぶやいた。「驚いたけれど、感動したわ。はるばるここまで来るぐらい気にかけてくれていたのね」

「ああ、それはもう、大いに気にかけているさ。だけどまず、臆面もなくぼくを使おうとした。自分はじっと座って、世界中を駆けまわるぼくの動向をモニターしていたとは、まったく抜け目のないじいさんだよ。きみは家族が欲しかったんだっけ？　大漁じゃないか、おめでとう。この先、人生のあらゆる局面でマルコムからの貴重な忠告や説教や批評を受けられるんだよ。よかった、よかった」うんざりした顔でそこまで言ったヴァンが、不意に目を大きく見開いた。

「え、何？」ソフィーはすぐに訊いた。「どうかした？」

「今、気づいた」呆然《ぼうぜん》とした様子でヴァンはつぶやいた。「マルコム・マドックスがぼくの義理の父親になるんだ」

「ご愁傷さま。がんばってね」ソフィーはワイングラスを置くと、大ぶりのチェリーをひとつつまんだ。ゆっくり口に含む仕草を、ヴァンがじっと見ている。

「ソフィー・ヴァレンテ、きみは危険な女だ」彼はかすれた声で言った。

「そうかもね」ソフィーは微笑《ほほえ》んだ。「危険な目に遭いたくなければ……今ならまだ引き返せる」

ヴァンはかぶりを振った。「無理だ。初めて会った時点で、もう後戻りは不可能だった。一瞬でぼくの運命は決まったんだから」

流れる空気が熱を帯び、ソフィーの頬を火照らせた。

彼女の目を見つめたまま、ヴァンはスマートフォンに手を伸ばした。「こっちをさっさと片づけてしまおう。どう？　マルコムを許すかい？　きみしだいだ。ぼくが口を挟むことじゃない」

ソフィーは考え込んだ。「今夜のわたしは、誰であれなんであれ許せてしまいそうな気がするわ」

「まったく幸運なじいさんだ」ヴァンはいたずらっぽく言った。「じゃあ、ディナーの誘いに乗っていいんだね？」

「ええ」

ヴァンが画面をタップする。

〝Bのほうでお願いします。明日の夜八時、ブカ・ディ・バッコですね。承知しました〟

送信ボタンを押して、彼はスマートフォンをテーブルに伏せた。「これでよし。明日の夜八時まで、きみはぼくだけのものだ。マルコムに邪魔はさせないぞ」

ソフィーは椅子を引き、立ち上がった。指についたチェリーの果汁を舐《な》め取ってから、ゆっくりとガウンのサッシュベルトに手を移した。結び目を緩めて前を開き、みずからをヴァンに見せつけるようにして言う。

「限られた時間を有効に使わなきゃ。さあ、劣情を募らせてわたしを口車に乗せて」

「ああ、ソフィー」彼女の裸体に目を奪われたまま、ヴァンはかすれた声で囁いた。「なんてきれいなんだ。本当にこれは夢じゃない？　まだ信じられないよ」

ソフィーは愛する人に向かって両腕を伸ばした。「だから、早く来て。夢じゃないって証明してあげる」

訳者あとがき

世界各地に支社を持つ大手建築設計事務所、マドックス・ヒル社。シアトル本社において機密情報の流出が発覚した。現段階で察知しているのはヴァン・アコスタ、ザック・オースティン、ティム・ブライスの三人だけだが、何者かがプロジェクトの仕様書を中国企業に売り渡しているらしい。デジタル技術部長のティムが仕掛けたビデオには、深夜のオフィスでパソコンの画面を撮影するソフィー・ヴァレンテが映っていた。彼女が犯人だとティムは決めつけるが、最高財務責任者《CFO》であるヴァンは賛同できない。情報セキュリティの専門家として最近入社したソフィーの聡明《そうめい》さと美しさに、彼は密《ひそ》かに心惹《ひ》かれているのだった。結局、翌日からサンフランシスコで開かれる会合に中国語通訳者としてソフィーを同行し、ヴァンが彼女を監視、その間に本社側で内部調査を進めるということで三人は合意する。

急遽《きゆうきよ》ヴァンと出張することになったと知らされ、ソフィーは緊張を募らせた。真面目で有能、そしてとびきりセクシーな若きCFOに憧れる女性社員は大勢いて、ソフィーも例外ではなかった。しかし喜んでいる場合ではないのだった。ここへ入社したのは密かな目的があってのことで、それは彼とは関係ない。大事なクライアントであるチャン・ウェイ・グループとのトップ会談ともいうべき会合には、当然マルコム・マドックスも出席するだろう。高齢となりCEOの座を降りた今も、創業者である彼の権力に揺るぎはない。容易には近寄れない人物だが、ついに彼のDNAサンプルを手に入れられるかもしれない。そのためにシアトルへ移り住み、この会社に入ったのだ。確たる証拠を揃《そろ》え、わたしはあなたの実の娘ですとマルコムに告げるために。去年他界した母の、それが最期の願いだったから――

マドックス・ヒル建築設計事務所のビッグスリーをヒーローに迎える本シリーズ、今回お届けする第二作はヴァン・アコスタの物語です。第一作は、女性遍歴も華やかな天才建築家であるCEO、ドリュー・マドックスと、義手の研究開発にひたむきに取り組むジェンナ・サマーズが主人公でした（この二人の結婚式が今回の舞台のひとつとなっており、シリーズ第一作をお読みになった向きにはいっそうお楽しみいただけることと思います）。そのドリューと違って真面目で努力家のヴァンですが、元海兵隊員らしいたくましい心身を持ち、愛する女性を一途《いちず》に想《おも》う、そこのところはどちらにも共通しています。まさに王道ロマンスと言っていいシリーズなわけですが、そこはシャノン・マッケナ、味わわせてくれるのは今回も甘さばかりではありません。手に汗握るアクションシーンが展開するわけでも複雑な謎が提示されるわけでもない、なのにページをめくる手がどんどん速くなる。主人公カップルそれぞれの心の揺れように説得力があり、知らず知らずのうちに感情移入してしまうのですね。

マドックス・ヒル社の社屋が、カーボンニュートラルに貢献する、木をふんだんに使った建物であったり、ヒロインの職業が今回はセキュリティエンジニア、前作では最先端テクノロジーを駆使した義手の開発者であったりと、時代と切り結ぶモチーフやエピソードがふんだんに盛り込まれている点も、このシリーズの読みどころでしょう。ちなみに本作においてソフィーを陥れるのに使われた手口も……いえ、これから読まれる方のため、これ以上は申しませんが。

ところでこの物語における終盤の舞台は、イタリアはポジターノの丘にたたずむ美しいヴィラですが、作者シャノン・マッケナも南イタリアに暮らしています。もともとはニューヨークで音楽活動に励み、さまざまな場で歌っていた彼女、あるときルネサンス・フェアでハンサムなイタリア人リュート奏者と出会って熱烈な恋に落ちます。彼が帰国してしまってからもシャノンの想いは少しも変わらず、一年後、すべてをなげうってイタリアまで追いかけるのです。以来、愛する人のかたわらで執筆を続けているというのですから、まさにロマンス小説を地で行く私生活ではありませんか。作者自身の持つ情愛の熱量、一途さ、大胆さが、作中の男女たちにさまざまな形で投影されているのでしょう。

最後に一読者として、シリーズ最終作も楽しみでなりません。マドックス・ヒルのセクシートリオ、残る一人は警備部門の最高責任者です。並みの頼もしさではないヒーローの誕生でしょうか。そしてヒロインは……？　皆さまと一緒に首を長くして待ちたいと思います。

二〇二一年十二月

新井ひろみ

訳者紹介　新井ひろみ

徳島県出身。代表的な訳書にアレックス・カーヴァのFBI特別捜査官マギー・オデール シリーズがあるほか、シャノン・マッケナ『この恋が偽りでも』(mirabooks)、カサンドラ・モンターグ『終の航路』(ハーパー BOOKS)など多数の作品を手がけている。

口《くち》づけは扉《とびら》に隠《かく》れて

2021年12月15日発行　第1刷

著　者　シャノン・マッケナ

訳　者　新《あら》井《い》ひろみ

発行人　鈴木幸辰

発行所　株式会社ハーパーコリンズ・ジャパン
東京都千代田区大手町1-5-1
03-6269-2883 (営業)
0570-008091 (読者サービス係)

印刷・製本　中央精版印刷株式会社

ISBN978-4-596-01842-7